U0528929

谈心

与林青霞一起走过的十八年

金圣华 著

人民文学出版社

著作权合同登记号　图字01-2022-2829

图书在版编目（CIP）数据

谈心：与林青霞一起走过的十八年/金圣华著. —北京：人民文学出版社，2022

ISBN 978-7-02-017187-3

Ⅰ. ①谈… Ⅱ. ①金… Ⅲ. ①散文集—中国—当代 Ⅳ. ①I267

中国版本图书馆CIP数据核字（2022）第084329号

责任编辑	马冬冬
装帧设计	刘　静
责任印制	宋佳月
出版发行	人民文学出版社
社　　址	北京市朝内大街166号
邮政编码	100705
印　　刷	北京盛通印刷股份有限公司
经　　销	全国新华书店等
字　　数	147千字
开　　本	787毫米×1092毫米　1/32
印　　张	10.375
印　　数	1—10000
版　　次	2022年7月北京第1版
印　　次	2022年7月第1次印刷
书　　号	978-7-02-017187-3
定　　价	88.00元

如有印装质量问题，请与本社图书销售中心调换。电话：010-65233595

献给所有在人生道上

一路行来不停步的朋友

谈心

目录

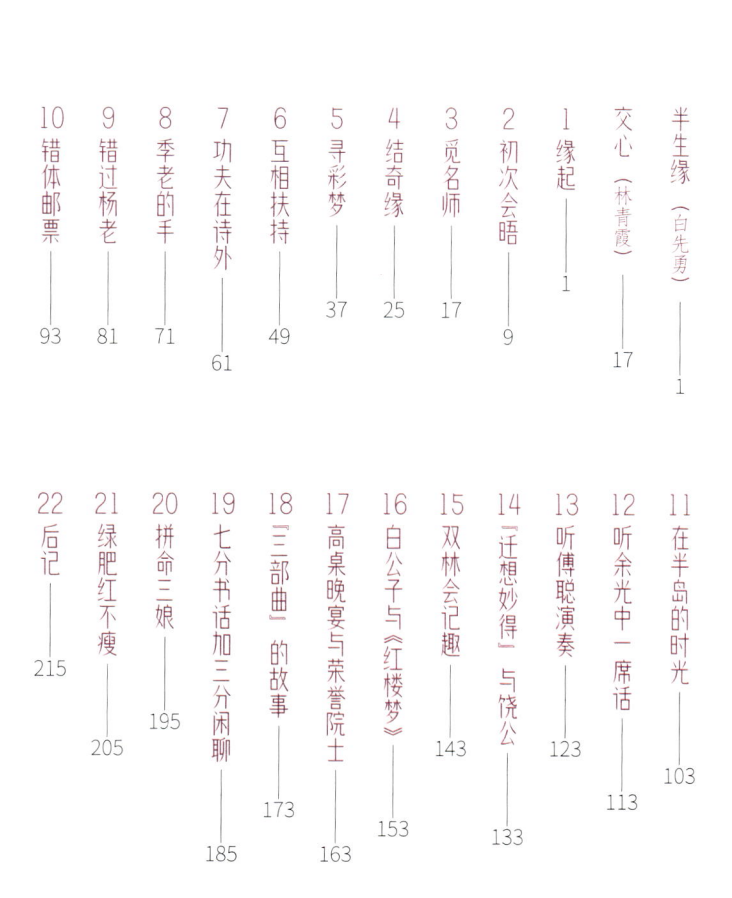

半生缘（白先勇）—— 1

交心（林青霞）—— 17

1 缘起 —— 1

2 初次会晤 —— 9

3 觅名师 —— 17

4 结奇缘 —— 25

5 寻彩梦 —— 37

6 互相扶持 —— 49

7 功夫在诗外 —— 61

8 季老的手 —— 71

9 错过杨老 —— 81

10 错体邮票 —— 93

11 在半岛的时光 —— 103

12 听余光中一席话 —— 113

13 听傅聪演奏 —— 123

14 「迁想妙得」与饶公 —— 133

15 双林会记趣 —— 143

16 白公子与《红楼梦》—— 153

17 高桌晚宴与荣誉院士 —— 163

18 「三部曲」的故事 —— 173

19 七分书话加三分闲聊 —— 185

20 拼命三娘 —— 195

21 绿肥红不瘦 —— 205

22 后记 —— 215

附录

1 都是《小酒馆》的缘故
——记一部翻译小说牵起的缘分 —— 225

2 历史长河的那一端 —— 237

3 将人心深处的悲怆化为音符
——怀念钢琴诗人傅聪 —— 248

4 「经受折磨，就叫锻炼」
——怀念杨绛先生 —— 266

5 「我才七十九！」 —— 275

6 姹紫嫣红遍地开 —— 283

林青霞与爱林泉 —— 293

致谢 —— 303

半生缘
——金圣华与林青霞相知相惜十八年

白先勇

人世间人与人相识相知,相生相克,全在一个缘字。有的是善缘,有的是恶缘、孽缘。金圣华与林青霞相交来往十八年,绝对是一段善缘。一个是法国巴黎大学的文学博士、香港中文大学翻译系系主任,大半辈子侧身于学术界,是翻译界的名教授。另一个是曾经演过一百部电影,红遍华人世界的大明星,前半生纵横演艺圈二十余年,结交的大多是一颗颗闪亮的星星。这两位女士在截然不同的领域,不同的世界生长发迹,是一种什么缘分让她们在后半生的某一点上,两人的命运突然交结,踏入了彼此的生命中。金圣华与林青霞相交的一段故事，就像一部温馨的文艺片，细细的透着一股暖意芬芳。

我们说"千里姻缘一线牵"指的男女之情，其实挚友之间的因缘也是靠着一根无形的线千回万转把两人系在一起。金圣华最近写了一连串二十二篇文章，总集名为《谈心》，把她跟林青霞两人十八年的情谊从头说起。附录第一篇《都是〈小酒馆〉的缘故》。一九七三年，金圣华刚出道，任教于香港中文大学翻译系，当时有关机构正在翻译一系列美国经典文学，推向港台地区及东南亚的华人世界，许多名家都参与了这个翻译计划：张爱玲、余光中、乔志高、夏济安。金圣华被派到的是一本奇书 *The Ballad of the Sad Café*，美国著名南方作者卡森·麦卡勒斯所著，这是一本人情怪诞的中篇小说。金圣华书名译为《小酒馆的悲歌》，麦卡勒斯以写怪异人物著名，她的成名作 *The Heart is a Lonely Hunter*（《心是孤独的猎手》），描叙一对聋哑同志情侣的悲剧故事。《小酒馆的悲歌》于一九六三年改编为舞台剧,在百老汇上演;一九九一年改编为电影,Vanessa Redgrave主演,获三项金像奖,但这本翻译小说,在海外华人世界读者不多,香港的书店里也只剩下几本孤本。谁知有一位移居美国加州的前香港影剧记者张乐乐手上却有一本《小酒馆的悲歌》。张乐乐很欣赏这部中篇小说的译笔,认为流畅生动,主动跟译者金圣华联络,而且两人一九九三年在美国加州会面,从此多年保持联系,成为笔友。

二〇〇三年张乐乐返港,从前她在港跑电影圈与大明星林青霞、张国荣稔熟,这次张乐乐做了一件功德无量的事:把金圣华跟林青霞拉拢在一起,成就了一段相知相惜、不弃不离十八年的友谊。林青霞年轻时学业不顺,中学没有念到好学校,大学也没有考上,终身引以为憾。其实这是天意,上天要造就一颗熠熠发光的天王巨星,故意不让她走一般人循规蹈矩的路途。直到她拍过一百部片子，退出影坛后，林青霞青年时期埋伏的求知欲、上进心又蠢蠢欲动，重新燃烧起来。她这时最需要的是一位有文化素养的老师引导她走进文学花园。金圣华这时出现，恰逢其时，这位留学美国、法国的文学博士，教了一辈子的书，没想到却收到了一位红遍半边天的明星做徒弟。

三月八日妇女节，林青霞与金圣华初次在家里会面。金圣华如此描述："只见她穿着一身乳白的家居服，不施脂粉，笑容满面地迎上前来，一切都自自然然，好像相认已久的故交——就这样，南辕北辙的两个人，居然交上了朋友。"

林青霞这样回忆："见她的第一面，一身酒红色套装，轻盈盈走入我家大厅。她是我结交的第一位有学识、有博士头衔又是大学教授的朋友。之前总以为这样的人比较古板，想不到她对美是特别有追求的。良师益友用在她身上最是恰当不过的了。"

林青霞与金圣华一见如故，彼此印象深刻。

是一本书《小酒馆的悲歌》迂回曲折，冥冥中把两人牵引到一起，所以林、金两人结的可以说是一段"书缘"。两人虽然背景各异其实并非完全没有渊源。金圣华受父亲影响，自小爱看电影戏曲。她童年的启蒙书竟是一本《大戏考》，她的父亲金信民先生还开过一家民华影业公司。一九三九年抗战期间，金信民倾家荡产拍摄了一部《孔夫子》，大导演费穆执导，为的是在外族入侵的当下，激励民族士气，这部孔子传便变成了经典之作。抗战胜利，一九四八年，《孔夫子》易名《万世师表》，在上海大光明戏院隆重上演。当时我在上海，我们全家都去观赏这部著名电影，我深深记得颜回夭折，孔子痛悼他最心爱的弟子的那一场。那时金圣华也在上海，跟我看的很可能是同一场戏呢。

一九四九年，《孔夫子》电影不知所终。数十年后，二〇〇九年，香港电影资料馆竟找到《孔夫子》的拷贝，并且修复。奇怪的是金圣华并不知道此事，还是林青霞发现告诉她的。从此《孔夫子》重新面世,蜚声国内外。

既然林金两人结交的是"书缘",书,便变成她们心灵沟通的一座桥梁了。金圣华循循善诱,将林青霞的阅读领域扩展到西方经典名著,她介绍毛姆、海明威、杜拉斯给林青霞,而且两人常通电话,交换读书心得,金圣华在《七分书话加三分闲聊》里把林青霞求知若渴的心态神情写得活灵活现,她们聊书籍、聊写作、聊文化。她们常常谈到俄国作家契诃夫,林青霞对契诃夫的戏剧大感兴趣,她们也论到契诃夫的剧作《万尼亚舅舅》;后来林青霞的阅读范围愈来愈宽广,从卡夫卡的《变形记》到日本的太宰治,甚至于包括东欧米兰·昆德拉的《生命中不能承受之轻》、拉丁美洲加西亚·马尔克斯的《百年孤独》。当然,林青霞对本国作家的作品也是极为关注的,她演过影射张爱玲生平的《滚滚红尘》,并因此获得金马奖,她把张爱玲的著作全部啃光,而且有关张爱玲的资料,也广为收集。她在李翰祥导的《金玉良缘红楼梦》中饰贾宝玉,她自认为是神瑛侍者下凡,《红楼梦》顺理成章便成为她阅读书籍中的主心骨了。关于《红楼梦》,她有说不完的话题。二〇一四年我在台大开了一门《红楼梦》导读的课程,讲了三个学期一百个钟点。有一天,林青霞与金圣华恰巧在台北,两人竟兴冲冲地跑到台大来听我讲《红楼梦》,我正讲到红楼二尤,尤二姐、尤三姐的故事,这是《红楼梦》非常精彩的几回,林青霞上课全神贯注。

林青霞如此锲而不舍,拼命用功,猛K世界文学作品,她当然怀有更大的抱负与企图心:从读者进展成作者。在写作上,她的"良师益友"金圣华在她身上下了最大的功夫,花了最多的心血。这十几年来,林青霞转向写作,每写完一篇文章,便传给金圣华,林青霞写作往往通宵达旦,一定要等到她的"良师"讲评一番,赞许几句,她才能安心入睡。她在一篇序文《无形的鞭子》中说到,她的三本文集《窗里窗外》《云去云来》《镜前镜后》都是在金圣华鞭策之下完成的。林青霞"无形"的两个字用得好，金圣华说话轻声细语，待人温柔体贴，但做起事来却一丝不苟，认真对待，那根"无形的鞭子"自有其一股咄咄逼人的软实力。

金圣华相信一个写作者的文化素养是要紧的，《功夫在诗外》一节中，她引用了陆游的示儿诗。她邀林青霞一同去观赏法国印象派的画展，特别指出莫奈两幅名画《阳光的效果》《棕色的和谐》，画鲁昂大教堂的精彩处；傅聪到香港开钢琴演奏会，金圣华又携林青霞一同去聆听，她与傅聪是熟朋友。二〇〇七年十月，青春版《牡丹亭》在北京国家大剧院上演，金圣华说服林青霞一同到北京去看戏，这是林青霞第一次接触昆曲，青春版《牡丹亭》有上、中、下三本，分三晚演出，林青霞本来打算只看上本，先来试试水温。演到《离魂》一折，母女生离死别，剧情哀婉，林青霞悄悄递过一沓纸巾给金圣华，两人感动得掉泪，因为都刚刚经历丧母之痛，彼此间心灵上相依相扶，两人也可以说是"患难之交"。林青霞看昆曲看得高兴，那晚还包了一家北京火锅店请青春版《牡丹亭》的小演员吃宵夜，小演员们兴高采烈，围着她们的偶像不停发问，林青霞耐心回答，一点大明星的架子也没有，完了还送她们一人一张签名照片。林青霞一连看了三夜青春版《牡丹亭》，从此爱上昆曲。

金圣华将林青霞引入文化圈，结识不少大师级的人物。她们到北京去拜见季羡林，林青霞紧握季老的手，向他借度文气。在香港，她们见到饶宗颐，饶公赠送林青霞一幅墨宝："青澈霞光"。林青霞对这些老国师，除了敬仰外，似乎还有一份孺慕之情，她站在饶公的身后，暗暗地搀扶着他。

林青霞写作很认真，字字斟酌，有时废稿撒满一地。十八年能磨出三本文集，也难为了她。那么林青霞的文章到底有什么好看的地方呢？一来，她在电影圈识人甚众，她写电影界的朋友，深入观察，细细说来，写出他们人性的一面。我们对于演员明星的印象常常把银幕上的形象与银幕下的混淆在一起，可是林青霞却把她的演员朋友有血有肉地写出一个真人来。例如张国荣，林青霞与张国荣是知交，两人合作拍过多部电影，张国荣在歌坛、影视圈叱咤风云，是天王级的人物，人们只看到他的风光，而林青霞却看到他多愁善感、脆弱容易受伤的一面。她写张国荣，满怀怜惜，张国荣跳楼自杀，林青霞的伤痛久久未能平息，连她跟张国荣在文华酒店约会的地方，她都避免，生怕睹物伤情。林青霞对人、对事、总持着一份哀矜之心，所以她的文章里常常透着一股人间温暖。这是她的文章珍贵的地方。经过一段磨炼后，林青霞的写作愈发成熟，已经抓到写文章的窍门了。最近一篇《高跟鞋与平底鞋》是写李菁，李菁出道早，十六岁与凌波演《鱼美人》便选上亚洲影后，成为邵氏的当家花旦，红极一时。林青霞见过李菁四次，这四次却概括了李菁的一生。第一次林青霞十八岁刚演完《窗外》到越南做慈善义演,她连正眼都不敢看李菁,因为李菁当时太红了,在众星中,压倒群芳,林青霞这样形容:"我眼角的余光只隐隐地扫到她的裙脚,粉蓝雪纺裙摆随着她的移动轻轻地飘出一波一波的浪花。"

第二次与李菁相逢是在一九七五年林青霞到香港宣传《八百壮士》,林青霞饰杨惠敏,轰动一时,可是她还是"怯生生地没敢望她",没有交谈,她印象中的李菁:"一身苹果绿,苹果绿帽子、苹果绿窄裙套装、苹果绿手袋、苹果绿高跟鞋。"

李菁这时的名气如日中天,坐的是劳斯莱斯,住在山顶白加道的豪华巨宅。自此以后,数年间,李菁的星运便直往下落了。林青霞听到许多关于李菁的消息:"她电影拍垮了""她男朋友去世了""她炒期指赔光了""她到处借钱"。林青霞对这位她曾经崇拜过的偶像的大起大落,甚感兴趣。八十年代末,她透过朋友的安排,第三次见到李菁,这次她敢正眼看李菁了:

"她身穿咖啡色直条简简单单的衬衫,下着一条黑色简简单单的窄裙,配黑色简简单单的高跟鞋,微曲过耳的短发,一对咖啡色半圆有条纹的耳环,一如往常,单眼皮上一条眼线画出厚厚的双眼皮,整个人素雅得有种萧条的美感。"

"萧条"两个字用得好,那年李菁四十岁,已退出影坛。此后李菁的处境每况愈下,车子房子都卖出了,最后落得借债度日,靠着老一辈的上海有钱人,无条件地定期接济,有时连房租都付不出,林青霞的媒体朋友汪曼玲便常常接济李菁。

二〇一八年二月,一次林青霞与汪曼玲通电话,得知李菁刚刚才打过电话给她。林青霞对李菁的好奇心,仍旧未减,希望写出她的故事,并打算文章稿费和出书版权费也给她,算是一种变相的接济。林青霞透过汪曼玲约李菁见面,约在文华酒店大堂边的小酒吧,一个隐秘的角落。那天林青霞一进去,"第一眼看见的是,桌底下她那双黑漆皮平底鞋,鞋头闪着亮光。"李菁"穿着黑白相间横条针织上衣,黑色偏分短发梳得整整齐齐"。这是林青霞第四次见到李菁,这次她仔细端详,试图找出李菁以前的影子,只发觉"她单眼皮上那条黑眼线还是画得那么顺"。她惊见李菁的左手臂"整条手臂粗肿得把那针织衣袖绷得紧紧的"。李菁患了乳癌,刚做完切割乳房及淋巴的手术,手臂水肿,真是贫病交加。李菁倒是很淡然,自我解嘲说:"有钱嘛穿高跟鞋,没钱就穿平底鞋啰。"据说李菁有钱时,一间房间摆满了高跟鞋。临走时,林青霞贴心,把一个看不出是红包的金色硬纸皮封套硬塞给李菁。李菁离开时,林青霞发觉:"她手上拄着拐杖,走起路来一拐一拐的,每走一步全身就像豆腐一样,要散了似的,我愣愣地望着阿汪扶着她慢慢地踏入计程车关上车门,内心充满无限的唏嘘和感慨。"

本来林青霞还打算每月再见李菁一次,听她说故事,每次设法不伤她尊严给她一个信封。可是,十天后李菁便猝死在她公寓里,没人发现，尸体都变了味。李菁的后事，还是电影圈的朋友凑钱帮着办的。在一个没有星光的夜晚，林青霞打开手机，Google一下"李菁鱼美人"，出来的李菁才十六岁，与凌波对唱黄梅调，聪明灵巧，很招人爱。林青霞"独自哀悼，追忆她的似水年华，余音袅袅，无限惋惜"。

林青霞这篇《高跟鞋与平底鞋》写得好，既能冷眼旁观，同时又心怀悲悯，借着四次相遇，把李菁一生的起伏，不动声色，刻画出来；用工笔把李菁每次的穿着细细描出，衣装由蓝、绿转成黑，由苹果绿的高跟鞋到漆黑的平底鞋，这也就配合了李菁由绚丽到黯淡的一生。二〇二〇年，因为新冠肺炎流行，林青霞全家到澳洲农场去住了几个月，她把我那套《细说红楼梦》也带去了，而且发狠劲把三大册K完。她自称看了这套书"茅塞顿开，文思泉涌"便开始写《高跟鞋与平底鞋》。《红楼梦》介绍人物，往往从衣着开始，观人观衣，衣装显示人物的个性处境。林青霞抓住了这点，在《高跟鞋与平底鞋》

中灵活运用,增色不少,林青霞对于星海浮沉,当然点滴在心,她写李菁传,不免有物伤其类之慨,《高跟鞋与平底鞋》可以说是一篇电影界的"警世通言"。

金圣华在这个明星弟子身上下的功夫没有白费,林青霞转向写作,心灵上有了寄托,两人结缘真是一件大好事。

二〇二二年三月二十六日

谈心

交心

　　　　　　　　　　　　　　　　　　林青霞

　　第二十二篇，完结篇，金圣华刚刚传给我，新鲜热辣，我迫不及待地拿着手机，就着车上微弱的灯光，一颠一颠地看起文章来，车子转进大屋，我正好看完。时间过了晚上十一点，圣华怕是在培养情绪睡觉了，每次跟她通话超过十一点，她兴奋过头就睡不好，第二天精神很差，因为我总是逗得她哈哈大笑。

　　"刚才在车上把第二十二篇看完了，先给你一个回应，怕你等，要不是在车上，我真想站起来向这篇文章的作者，和她笔下的林青霞敬礼。我好像在看别人的故事，那个林青霞不是我，我感觉自己没什么大不了的，给你写成这样，但你写的事情又没有一件不是真的。"我冲进家门立刻回了她这个短讯。

二〇二〇年至今，八百个日子，金圣华至少七百五十天都待在家里，足不出户。这对我有个好处，随时可以找到她，她接到我的电话总会把手边的工作停下来，跟我闲聊半个至一个钟头，这八百个日子通了一千多个电话，有时候一天两三通，也总是在愉快的情绪中结束。我们的朋友非常好奇，怎么天天讲还有得讲？要知道，一个长期受众人注意的人，如果能够遇到完全可以信任的朋友，是非常珍贵的，更何况是谈得来，互相给予养分的朋友。

在新冠病毒弄得大家草木皆兵、人心惶惶之际，为了安定自己的心，读书、写作是我们的避难所，我们每个月会交一篇文章给《明报月刊》，在交谈的过程中，她决定记录下我们相识相知的十八年。在我们相处的日子里一句不经意的话语、一个小动作、一起拜访大师们的经历，经过她的生花妙笔，即刻串成一篇篇鼓舞人心的动人故事。在她的文章里除了我们两人的情谊，还可窥知一位位大师的风范和学识，还有一些跟故事有关的故事，让读者除了看见林青霞不为人知的真面目，同时也增长了见识。

圣华是位学者，可能写惯论文，对故事的时间、地点和真实性抓得非常准确，是花大功夫的，虽然过程辛苦，但精神是愉快的，在疫情加剧的枪林弹雨中，她不停地谢谢我，说是因为写我，让她的日子在快乐中度过。香港疫症的人数破万点时，她更是催自己尽快完成这二十二篇文章，及早交稿，结集成书，她对瞬息万变的状况有迫切的危机感，血压上升到150，我劝她见招拆招，坏事不一定会发生，先把自己搞成这样可不好，她这才定一定神，同意我的说法。我常常幽自己一默，这个按钮屡试不爽，总能把她逗笑，她笑了我就可以安心挂电话了。

一直向往自己能够成为一个文化人，看完圣华的二十二篇，原来在我跟她交往的十八年中，经她引见，不知不觉中结交了许多文化界的好朋友，是真正的好朋友欵，不是开玩笑的。蓦然回首，我的大部分朋友竟然都是大作家，看样子我一只脚已经踏入了文化界。

《谈心——与林青霞一起走过的十八年》，这个书名非常切题，我和圣华都见证了对方人生中的酸甜苦辣，如果她没有记录下来，日子过去了，也就没了痕迹。其实很多事我都忘记了，难为她记得那么清楚。一个大博士肯花这么大的心血把我的生活点滴记录下来，丰富了我的生命，其实真正该感谢的是我。但是最重要的是，看这本书的人，能从书中得到一丁点感悟、一丁点启发和一些知识，相信金圣华就算是再辛苦，内心也必定是充满喜悦的。

1 缘起

写这本书,也是别人不做我来做,记录下来的是一份历久不渝的友情,一种同步追求创作的文缘,一个传奇人物不为人知的真实面貌,以及息影巨星如何从红毯到绿茵,在人生道上跨界转身、自强不息的故事。

・金圣华与林青霞合影（林青霞提供，SWKit 邓永杰摄影）

2021年3月17日与青霞通电话，一如往常，我们天南地北，无话不谈。从她给影迷团"爱林泉"讲的一个笑话开始，我们说到了2020年诺贝尔文学奖得主露易丝·格丽克的诗学。因为那阵子，我正在用zoom（手机云视频会议软件）教香港中文大学翻译硕士班的《英译中翻译工作坊》，有个远在贵州的男学生选译了格丽克的评论，而这样学术性的严肃内容，青霞居然也听得津津有味。电话将要结束时，我对青霞说，想写篇有关我们多年相交的文章，说着说着，觉得资料太多了，不是一篇文章可以承载得了的，她忽然建议，"何不写成一本书？"这下，好似灵光乍现，豁然醒觉，对了，为什么不写成一本书？

   因此,有了写书的动机。我们都认为,当今世界瞬息万变,今日不知明日事,任何想法,必须得马上坐言起行,说做就做,否则，延宕误事，只会徒然留下遗憾而已！

这本书当然不是容易写的，先得想个书名，我暂时想到的名字是：《同步绿茵上——与林青霞一起走过的十八年》。书中计划把我们相识相交十八年以来的点点滴滴记录下来，作为一个见证，将林青霞如何由一个明星蜕变为一位作家的心路历程，如实呈现在读者眼前。谁知道跟青霞说起，个性爽朗的她认为《同步绿茵上》不够突出。她说书名最好直截了当，让人一眼就受到吸引。我说，我们多年来谈天说地，话题不完，可惜《交谈》这么好的书名，早让林文月用上了。我们商讨了一下，认为那就不如用《谈心》吧！

十八年前，由于友人的引荐，我们初次会晤，当时，彼此之间并没有存在什么特殊的展望和期盼。友谊是在不经意中自然而然发展的，恰似一颗微小的种子，纤纤弱弱，于适当的时候播入适当的土壤，经长年累月，在和风吹拂、细雨润泽下，逐渐发芽、成长，如今竟然绽放了一片灿烂缤纷的姹紫和嫣红！

十八年前，青霞是洗尽铅华的退隐明星、一位成功实业家的妻子、一个两名稚龄孩子的母亲，膝下的小女儿还是个正在学步的婴孩。刚完成了生儿育女大任的她,意欲寻找自我在人生道上的方向。我呢,当时还在香港中文大学全职任教,一向在学术园地里忙于耕耘,跟外面的繁华世界,尤其是演艺圈绝少往返。

绝对想不到的是,这样不同圈子的两个人,蓦然邂逅,在此后的人生旅程上,竟然同步向前,携手共赏了无数怡情悦性的好风光。这些年来,我们彼此扶持,互相勉励,无论对生命、对文学、对为人处世的看法,都有了崭新的感悟和体会。

从相识的第二年起,青霞尝试把内心的所思所感写下来,而自从她第三篇文章《小花》开始,我就成为她的第一个读者。我眼看着她在写作前如何全神贯注,写作时如何废寝忘食,写作后如何虚心求教于各方好友,继而从善如流、一改再改,务必要把文章改得精益求精,方才罢休。

青霞是个非常懂得感恩的人,只要是曾经对她出谋献策、予以鼓励的朋友,哪怕只是提点一二,她都感念在心。于是,她身旁就有了一大堆高人谋士,谁是"伯乐",谁是"老师",谁是"知音",她都经常挂在口边。刚开始时,她说我是她的"缪斯",因为只要一对我说故事,她就有灵感写文章了。

其实，是她自己早已成竹在胸，不过是要找另外一双耳朵来聆听一下罢了。日子久了，有时候她事情一忙，就会停下笔来。我在一旁替她的读者干着急，偶尔悄悄催促一下，她倒是挺爽快，只要轻轻一催，就又催出一篇好文章来，让望眼欲穿的读者和期待佳作的期刊老总特别高兴。一日，她心血来潮，说我是她"无形的软鞭"（这个称谓后来变成了她的第三本著作序言的题目），常常会在她松懈的时候抽她一下。这可是十分冤枉的说法，我哪里是做鞭子的材料？儿女都说，小时候不听话，我哪怕作势要体罚他们，也像搔痒似的，一点也不管用；而我当了这么多年教师，从来也没硬起心肠来给任何学生不及格过。因此，我这软鞭，就算使将起来，也绝不会虎虎生威，霍霍作响的。自2011年以来，青霞在繁忙的日程中,连续出版了三本散文集:《窗里窗外》《云去云来》《镜前镜后》，如此亮丽的成绩，主要是靠她自淬自励、自我鞭策所致。

　　三年前，我曾经在深圳海天出版社出版过一本散文集《披着蝶衣的蜜蜂》，书名的寓意是向世界上所有勤勉不懈、追求美善，而又内外兼及、表里兼顾的女性先驱（如西蒙·波伏娃和杨绛）及朋友致意。这些朋友，看似身披彩衣的穿

·西蒙·波伏娃为内外兼美的女性典范，1982 年（时年 74 岁）与本文作者合影 （作者提供）

花蝴蝶，实则是辛勤酿蜜的劳碌蜜蜂。林青霞绝对就是这样一个"披着蝶衣的蜜蜂"！也许，在别人眼中，她是养尊处优、众人供奉的蜂后，美艳不可方物；实则干起活来，她却是个不折不扣的工蜂，可以日以继夜，不眠不休。只要是她自己喜爱的事情，她可以做得比谁都投入，比谁都勤快！

林文月曾经说过一句名言，"别人不做我来做"，说的是

· 杨绛为优雅端庄、成就卓越的先贤，1985年（时年74岁）与本文作者合影 （作者提供）

一件件有意义的工作，包括学术评论、文学创作和文学翻译。写这本书，也是别人不做我来做，记录下来的是一份历久不渝的友情，一种同步追求创作的文缘，一个传奇人物不为人知的真实面貌，以及一位息影巨星如何从红毯到绿茵，在人生道上跨界转身、自强不息的故事。

2021－3－18 初稿

2021－10－5 增订

2 初次会晤

迎面而来的是一张含笑的素脸,毫无浓妆艳抹;一身乳白的便装,淡雅、简朴,倒也使人眼前一亮!

· 作者与林青霞合影 （林青霞提供）

不记得那天是星期几了，应该是个周末，否则我也不会有空。日期倒是记得清清楚楚的，2003年3月8日，妇女节！

车行在飞鹅山道上，路盘旋曲折，因为是外子Alan在开车，缓慢而平稳，也就感到好整以暇；否则，以当时有点好奇紧张的心情，倘若坐上飞车的士，我可能会头晕目眩一阵呢！

不久，我们来到一个大宅门口，核对了门牌号码，按了喇叭，大门缓缓打开了，车子慢慢驶进院子，在屋前停下。这时候，她现身了。迎面而来的是一张含笑的素脸，毫无浓妆艳抹；一身乳白的便装，淡雅、简朴，倒也使人眼前一亮！

这么多年来，我曾经在街上巧遇过林青霞两次：一次是在大会堂看节目，我坐着，她从我面前施施然经过；一次是在皇后大道上，等交通灯转绿过马路，她恰好站在我身边。

即使如此，看到传说中的天皇巨星在视线中出现，我也不会不顾礼貌直勾勾盯着她瞧。因此，她真人到底是否跟上镜一样好看，这还是我们第一次打照面。

说起来，我不算是她的影迷，我根本也不是任何人的影迷。再说，她出道的时候，我们这一辈，已经度过了追星的年龄了。《窗外》这部电影宣传得沸沸扬扬时，我正忙于成家立业，哪会有闲工夫去管身外之事？然而，多年来，她那清丽脱俗的容貌不时展现在各种媒体上；她那轰轰烈烈的银幕生涯，也是如雷贯耳，让我时有所闻的。因此，当朋友在电话中提起，林青霞想找个人聊聊有关文学的事，介绍她看些中英文书，不知道我可有时间否，倒是令我产生一些好感和兴趣。我一向很欣赏这样有上进心的人，特别是她现在功成名就，环境优渥，在物质享受方面，可以说要风得风，要雨得雨，假如她纯然以吃喝玩乐为生活目标，尽可以舒舒服服过日子，何必花时间来读书求进，正如粤语所说，自己"搵苦来辛"？

那天，我走进屋内，放眼一望，的确感到有些诧异。屋子很大，很宽敞，但是完全看不到预期的富丽堂皇或金碧辉煌，家具靠墙而立，疏落有致，几乎都是乳白色的，那么低调，那么沉静，跟主人的谦逊随和，默默呼应。接着，女主人招呼我去参观后院，院子里的格局，更是令人料想不到，既没有中国庭院常见的亭台楼阁、小桥流水，也没有欧洲宫殿式的花团锦簇、绚烂缤纷，只有碎石小径，柳条木凳，一切依然是那么宁谧平和，简约素淡，使我刹那间想起了京都龙安寺中"枯山水"的石庭景观。对了，就是那种以一沙一石砌出的禅意美感，如此澄明，如此空灵！时间仿佛凝聚在这一庭空间里，使人浑然忘了外界的烦嚣和纷扰。四周有树，很多影影绰绰的大树都伫立在篱墙外，如忠实的侍卫般守护着这一方净土；不见什么花，心如明镜时，原是无须凡花俗卉来点缀的。接着，我们自自然然坐在树荫下、木凳上，无拘无束地聊起天来。

那天到底聊了些什么？事隔十八年后的今天，要追忆起来，已经有点模糊了，只记得我们当时是天南地北，即兴聊天而话题不断的。其实，我们生活的圈子截然不同，年龄也有差距，怎么一打开话匣子就滔滔不绝了呢？到现在我也弄不清楚。也许，因为我原籍浙江，她原籍山东，我们都是在台湾长大的"外省人"，随后又因各自不同的机缘，来到了香港，嫁给了广东人。这些年来，我们都蒙受了香港的种种福泽，因而深深爱上了这个有福地之称的东方之珠。我们谈起父母、兄长、儿女，以及生命中的点点滴滴，当然，也谈到文学与创作。青霞当时显得有点腼腆，她说，闲来喜欢看《心灵鸡汤》那样的书籍，不太看严肃的大块文章。至于写作，那是很遥远的事，不过她也常常会把一些内心的所思所感记下来，写在一张张纸片上，锁在抽屉里。她更提到，曾经有一位香港大学的洋教师教过她英语，两人相处得很好，只是，后来老师回美国去了，她们之间的交往，也就没有了下文。

那天，在树荫下、微风中、鸟鸣声里，我们聊了好久。青霞特别好客，从客厅中的瓶瓶罐罐里，掏出好多从各地送来的小吃，一碟碟放在桌子上，让我尝尝。也许是忙于交谈，美食没有怎么动过，清茶倒是喝了一杯又一杯。我们聊得那么开怀，竟然不觉得时间匆匆过去，一晃眼已经几个钟头了。于是，我们相约以后每个周末一次，我会带些她适合看的中英文章或书籍来探访，在轻松愉快没有压力的情况下，一起研究交流。

是时候告辞了，我们穿过后院，走进屋子，她一转身拿出一大盒歌帝梵（GODIVA）巧克力，接着，又搬出一大本印刷精美的杂志，我不太记得内容了，似乎是有关温莎公爵夫人珍藏珠宝的，说是要送给我。我知道她待客有道，这么殷切，也是因为我事前声明，从来没有上门兼差的经验，这次破例，是为了交个朋友，绝不收费！

"东西太重了，我先替你拿着！"毫无架子的大美人体贴地说，一把将礼物拽了过去，提在手上，另一只手挽着我，送我到前来接我回家的车边，跟 Alan 礼貌地打个招呼。就这样，结束了第一次的会晤。

这以后，我们又相聚了几次，记得我曾带上耳熟能详的欧·亨利短篇小说，如《麦琪的礼物》《最后的常春藤叶》等跟她一起欣赏。正当一切渐上轨道的时候，香港爆发"非典"疫情，青霞带着两个年幼的女儿，匆匆离港避疫去了。于是，我们这段刚刚萌芽的情谊，也就在无法预料、无可奈何的情况下，戛然而止了！

2021—10—3

谈心

3 觅名师

青霞的故事,有多少人传过、听过,但都是道听途说言过其实,让当事人自己现身说法,不是最引人入胜吗?

· 林青霞在书店前 （林青霞提供）

2004年12月,苏浙同乡会的餐桌上,坐着张乐乐、我,还有林青霞。由于料想不到的原因,促成这次聚会,而这次餐叙把原本已经断线的两端又连接在一起了。

张乐乐,一个热心的朋友,当年曾是活跃于电影圈的娱乐记者,跟许多大明星相熟,包括张国荣、林青霞等巨星。后来她嫁到美国去了,由于想念香港,时常找机会回来跟朋友叙旧。那年年底,香江才子黄霑因病逝世,12月5日在香港大球场有场追思会,乐乐特地从加州赶回参加,在会前,这位我与青霞之间原先的穿针引线人,又把我们俩给联系上了。

是因为怀念黄霑,青霞发表了她的处女作《沧海一声笑》。这篇文章题目取得非常好,既是《笑傲江湖》主题曲的名字,曲中的词句,如"江山笑,烟雨遥,涛浪淘尽红尘俗世几多娇；清风笑，竟惹寂寥，豪情还剩了一襟晚照"，又确是填词人一生的写照。原来，青霞从一开始，就是为文章点题的能手。多年后，她屡次为好友江青设想书名，如《点点滴滴》《我歌我唱》《念念》等，这种特殊的才具，早年已有先兆。

从2005年开始，我们又时相过从，然不再拘泥于定时定候的相聚，而是采取随心所欲、自由自在的方式：譬如，在半岛酒店饮茶，相约去看电影、看画展、逛书店、听演讲等。这时候，青霞虽然已经在文坛上跨出一小步，但是仍然谨慎谦逊，抱着毕恭毕敬的态度，到处虚心求教。写完一篇文章，她会传给高中同学、各地友人等旧雨新知看，把就近或远在上海、台北，甚至美国的反馈意见收集起来，悉心揣摩，不断改进。当然，她也会向相识的文坛中人一再讨教。以下，就是一些她当时搜罗所得的写作窍门。

有一回，她向倪匡请教。饭局上，这位科幻小说达人对着大美人说："文章只有两种：一种好看，一种不好看。"说毕，这位可爱老顽童的圆脸，嘎嘎嘎地笑开了，就像一团绵绵的南瓜蓉。听了这番似平凡实高妙的言论，青霞倒是铭记在心，以后无论写什么，总是提醒自己，千万不要写得枯燥乏味闷煞人！

·作者于 1991 年与倪匡合影 （作者提供）

又有一回，青霞说，林燕妮曾经表示："写文章开头跟结尾最重要，中间随便写写就可以了。"那到底该怎么起头，怎么结尾呢？这就是问题所在了。记得爱尔兰裔日本作家小泉八云好像曾经说过，写文章，起首就像一条河，你在河道的任何一段跳入都可以。至于结尾，几年后青霞认识了董桥，向他请教写作之道，董说："想在哪里停，就在哪里停。"这些高人的指点，对初出茅庐的新手，倒是有些高深莫测的。

龙应台的妙诀分为宏观的和微观的两种。先说微观的，龙告诉林："文章写完，要像雕塑一样，去掉多余的字，尤其是'我'字，千万不要写'我觉得''我很荣幸''我很庆幸'这样的句子！"这个容易遵从。至于宏观的，龙劝谕林，写作前"最好先画一个表格，写上年份、事件，表达你的价值观，等等"。龙自己的文章常以大时代为背景，富有历史观。那么，青霞怀疑，自己是否得先在书斋里埋头苦读若干年月，才能开始动笔呢？

张大春告诉林青霞，"写别人没有写过的，自己的故事"，这倒是最适合的方式。青霞的故事，有多少人传过、听过，但都是道听途说言过其实，让当事人自己现身说法，不是最引人入胜吗？因此，小思认为："青霞的圈子、青霞的经验，是旁人无法企及的"，所以该写她圈子里自己最熟悉的、独一无二的经验。

然而，材料有了，该怎么书之成文呢？记得青霞曾经写过一篇文章，请一位她在文化之旅中认识而当时身在美国的教授审阅，谁知道教授一改之下，添加了许许多多四字成语，形容词句，乍看，还以为是哪一本教科书中的招牌抒情文，彻头彻尾跟青霞的原作分了家。这光景，就好比一向打扮素净的姑娘，忽然穿金戴银、花枝招展起来，左看右看都不像她！

青霞在踏上文化之旅的初阶，的确时常躬身自省，反复思量，摸索着一条最适合的路子。她既怕自己才学不足，又恐文笔不济，这时候，她最需要的是增强自信，尽情发挥。因此，我开始介绍一些名家的作品给她看，例如杨绛、林文月、季羡林的散文。这些大家有一个共同点，就是"豪华落尽见真淳"。他们下笔，不在乎寻章摘句，不在乎精雕细琢，而是以最最恳挚的态度直抒胸臆，将内心深处的所思所感，通过纯真的言语如实表达出来，因此最能触动人心。看了这些名家的文章，青霞开始感悟，觉得非常踏实、舒坦。原来，好的文章可以这样写的，恰似真正美丽的人，未必需要涂脂抹粉、锦衣罗裙一般。

除此之外，我也尽量将一些在自己人生旅途上，曾经对我从事翻译和文学创作多番提点、引领、协助、支持的前辈先驱，一一介绍给青霞，希望她也能从中得到滋养，有所裨益。

于是，就衍生了青霞与名家之间，日后种种隔空相遇、隔代求教、千里寻访、香江会晤等文坛佳话了。

2021－10－9

谈心

4 结奇缘

爱美的名士,将最美的卡片,遥寄知福惜福的美人手中,终于成就了一则让人历久难忘的美丽故事。

"Kind hearts,
like garden flowers,
bring grace and beauty
to our world."

·高克毅致林青霞卡片 （林青霞提供）

早上打开手机,看到青霞隔夜用WhatsApp传来的讯息,怎么这么多照片?再一瞧,直叫我喜出望外!终于找到了,这使人望眼欲穿的"历史文献"!

这是一张卡片,透明的卡纸上,印着一束束优雅的紫蓝花,由片片绿叶衬托着,显得雍容高贵;花朵旁有翩翩蝴蝶在飞翔,蝶衣缤纷,闪着华光。花蝶围绕着一串字体精美的句子:"Kind hearts, like garden flowers, bring grace and beauty to our world."(温婉的心灵,恰似园中的繁花,为世间带来优雅与美善!)

这张卡片的来历,得话说从头。

早在2005年跟青霞再次相聚时,我就把散文大家暨翻译界前辈高克毅(笔名乔志高)先生率先介绍给她认识。以往,每逢高先生5月29日生日的时候,我都会寄一张贺卡

·高克毅自画像（作者提供）

给他，上面写满了我班上学生的贺词，这些学生读了高先生翻译的《大亨小传》(亦即《了不起的盖茨比》)，都对他仰慕万分。那一年，我特地请青霞跟我一起写张卡片，遥祝高先生"生日快乐"。青霞一向最崇敬长者，当下高高兴兴地签了名，还找出自己最漂亮的照片以及所主演《红楼梦》的光盘，给高先生寄去。

当时高先生年届九三，毕生爱侣梅卿夫人已于2003年去世，老人独自居住在佛罗里达冬园镇的"五月花"养老小区中，生活落寞孤寂。那一阵，我差不多每星期都打电话过去问候。一天，电话那头传来久已不闻的欢笑声，老人说："啊呀！我收到了林青霞的照片，好美！"他兴冲冲接下去："这可是我这一辈子第二次收到明星照呢！上一次是黄柳霜。"

高克毅是真正学贯中西的翻译名家，1912年出生于美国密歇根州的安阿伯市，三岁回到中国，在中国长大，于燕京大学毕业后，再回到美国，其后，一辈子从事新闻与文化工作，对于促进中美文化交流极有贡献。因此，他曾经笑称自己一生度过的乃确确实实的"双语生涯"，若要写自传，可真是"一言难尽"啊！

·1999年作者与高克毅合影于美国冬园高府 （作者提供）

·2000年作者与高克毅伉俪合影于香港中文大学校园（作者提供）

　　高先生风趣幽默，善于运用双关语，他虽为公认的高手，却自称对翻译只是个"爱美的"（amateur）玩票者而已。玩票之说，乃自谦之语，不可当真；"爱美的"却千真万确。高夫人美丽端庄，正如白先勇所说，"举止间自有一份高贵娴雅"，与高先生在一起，"真是一对令人羡慕的神仙伴侣"！然而高先生是个真正的艺术家，对一切美而善的人、事、物都衷心喜爱，他的忘年交傅建中形容得好，说他"对聪明的美女，情有独钟"！他确实是个贾宝玉一般的人物!

因此,当他看到曾饰演怡红公子的美人惠赐玉照时,怎么会不深受感动呢!更何况高先生原本就热爱电影,早在20世纪20年代末,就开始跟兄长一起替电影杂志撰稿了。记得那天,他在电话里兴奋地说:"照片我放在床头了,可以常常看到。"为了回馈,他专程去镇里买了一张美丽的卡片,千里迢迢地寄回香港,送赠佳人。

青霞收到卡片的当天,惊叹地说:"这是我这辈子收到的卡片中,最美、最华丽、最不俗气的一张!"原来这卡片很大,分为六折,可以拆开或折叠起来,显出多重姿彩。卡片里写着:

Dear Brigitte,

　　Congratulations and thank you for all the beautiful ways you touch my life.

　　Best wishes for lots of Happiness.

下署"George Kao, Winter Park, June 2005"。老人感谢美女以婉约的情谊带给他至诚的祝福,使他晚年寂寥

・高克毅致林青霞卡片內容 （林青霞提供）

的生活，倍添温暖。青霞是个有心人，收到卡片之后，也珍而重之，放在床前，说是可以时常望见。因此，两个原本陌不相识的老少，相距千重山、万重水，就如是隔空相遇，心灵互通了！

说起来，林青霞和高克毅之间，冥冥中还真有缘分呢！先不谈别的，高先生前后收到过两位明星的玉照。一位是黄柳霜（Anna May Wong），美籍华人好莱坞影星，也是第一个蜚声国际的亚裔美籍女演员。听说从2022年开始，美国铸币局计划铸造一套二十五美分系列流通硬币，每个硬币背后将纪念一名杰出的美国女性，而黄柳霜就名列其中；林青霞更不用说，她是目前公认的巨星之一，先后拍过一百部电影，影迷层横跨祖孙数代，盛名历久不衰。这两位影星的名字放在一起，倒真是可以互相呼应：黄柳霜和林青霞，黄衬青，柳依林，霜伴霞，简直配合得天衣无缝！

很多人也许不知道，在高先生的许多善行中，很有意思的一桩，就是当年居中安排，让夏济安、夏志清昆仲与陈世骧教授，在华盛顿和张爱玲初次会晤。如今，大家都对文坛才女张爱玲推崇备至，而张是因为夏志清著书力荐，才扬名于世的，因此，高先生当年的穿针引线实在居功至伟。多年后，主演《滚滚红尘》（该剧乃以张爱玲的事迹改编而成）的林青霞，在新冠肺炎疫情严峻期间，闭关用功，把张爱玲的著作狠狠地读了个遍，那段日子，她日也爱玲，夜也爱玲，对作家的生平轶事背得滚瓜烂熟，对作家的写作风格，也摸得清清楚楚，因此使自己日后的写作大受裨益。她可曾忆起，这种种机缘的源头，是来自2005年那远在天边从未谋面的赠卡人？

这些年来，青霞搬了两次家，因此许多东西都不知放置何处了。一天，说起这张最美的卡片，我们两人都觉得丢了可惜，总得想方设法找出来。由于年长日久，还以为芳踪难寻，谁知道，有天青霞在一个不显眼的柜子里，不经意地一摸，竟然看到了这张失踪已久的卡片完整无瑕地呈现在眼前！真是众里寻他千百度，那卡却在灯火阑珊处！

青霞一向心疼老人，她在电话里叹说："这么美的卡片，老先生当年不知道花了多少精神，在哪里找到的？"我去过冬园拜访高先生，知道那是一处退休小区，风景优美，但并不繁华，镇上商铺不多，而九三高龄的他，夫人走后虽笔耕不断，但已意兴阑珊，离群索居了，日常连饭堂都不肯去光顾。为了这张卡，他必须亲自开车去买，以他高雅的眼光，凡事力求完美的性格，可能得跑上好几家店去搜寻，买到了，写好了，还得亲自去邮局寄出，梅卿不在身边，再也没有人在旁叮嘱他小心开车！但是，值得的，一切都值得的！爱美的名士，将最美的卡片，遥寄知福惜福的美人手中，终于成就了一则让人历久难忘的美丽故事。

2021－10－11

5 寻彩梦

从红毯踏上绿茵,这条漫长的创作之路,原本就是一条寻梦之路,沿途风光旖旎,充满了五光十色的幻彩!

·林青霞近照（林青霞提供，SWKit 邓永杰摄影）

人与人之间的缘分，看不见，摸不到，难以言喻，却始终存在。有缘的，无视距离的遥远，无涉时间的悠久，兜兜转转，曲曲折折，终会穿越时空，在飘渺莫测的交汇中，蓦然相遇。

说起来，我和青霞结缘，源起于一本小书。这是我漫长翻译生涯中第一本发表的作品。早在 1973 年，我受邀翻译美国女作家麦卡勒斯的中篇小说 *The Ballad of the Sad Café*。1975 年全书翻完后，我却为书名的中译煞费周章。原著中提及的 café，根本不是现代意义的咖啡馆，而是美国南部一个荒凉小镇上的小酒馆；Ballad 也不是指民歌民谣，而是指三位畸恋主角之间发生的恩怨情仇。后来，幸亏有美语专家高克毅及时出手相助，不但替我审阅全稿，还提议以《小酒馆的悲歌》作为书名，译作才顺利面世。

假如不是这个醒目的书名,也许吸引不到读者的垂注。那么,某天在楼上书店一角流连的乐乐,也许就不会发现这本小书。多年后也不会因为读了这本译作念念不忘,而在1993年跟我辗转相识,从而于2003年促成我和青霞的交往。归根究底,三十年前种的善因,冥冥中,在三十年后结了善果。

2005年6月,高先生除了寄卡给青霞,也寄了一本特别的书给我,名为《黑色》(*Black*)。这是由维多利亚·芬利(Victoria Finlay)编写的小书,内容涉及黑色的起源。原来根据西方古代经典中的传说,历史上第一种使用的绘画颜料是黑色。这传说可以从各地发现的史前壁画洞穴,如法国的*Lascaux*(拉斯科洞窟壁画)中得到印证。我把这本印刷精美的小书给青霞看,引起了她很大的兴趣。由于这本书是时报出版社出版的一系列书之一,我们相信有关其他颜色的书,一定还有不少。

不久后,我为了香港中文大学举办的第三届"全球华文青年文学奖"到台湾去推广宣传,同时也去参加余光中等学者在台北发起的"拯救国文运动"。青霞那段日子经常返台省亲,探望年老的爸爸,那几天恰好也在台北,于是,我们相约在某一晚同往诚品书店去淘宝。敦化南路的诚品总店是个二十四小时营业的不夜城,记得那天我们到达诚品时已经很晚了,店里仍然顾客众多,但是,全店鸦雀无声,人人都在埋头看书,有品位的读者,谁也不会打扰青霞,要求她签名或合照。于是我们可以不受干扰,兴致勃勃地在书架上巡视,居然发现了红、黄、蓝、白、紫各种颜色书,当下如获至宝。后来,青霞在2008年撰写的《有生命的颜色》一文中就如是记载:"有一次我们谈到颜色,她很兴奋地告诉我,有几本是专门讲颜色的书,每一种颜色都有一本。后来我们在台北的诚品书店找到了。我买了两套,……一人一套,我们各自捧着自己的书,像小孩子捧着心爱的玩具,欢天喜地地回家。"

青霞曾经自谦说:"向来对颜色没有深刻研究的我,圣华问起来,才开始思考这个问题。"其实,颜色在文学创作中是不可或缺的修辞手段,杰出的诗人作家,往往善用颜色来传情达意或叙事绘景。青霞自己在往后的创作中,不知不觉间,也成为善于运色的好手。例如,她于2020年所撰最脍炙人口的作品《高跟鞋与平底鞋》一文中,在描述娃娃影后李菁毕生经历时,就善用色彩来敷陈铺垫,作者把见到李菁四次的衣着,一一细述:从粉蓝雪纺长裙,到苹果绿套装,

· 2005 年作者与林青霞一起寻得的颜色书 （作者提供）

再到咖啡色衬衫，至最后的黑白上衣，色泽一次比一次黯淡深沉，那由绚烂归于平淡的过程，恰恰象征着主人翁由盛至衰的残酷命运！

青霞由 2006 年开始，积极写稿，创作初期，她仍然处于摸索阶段，文章完成后，很想找另外一双眼睛来过目一遍，确认一番。其实，她的毕生阅历丰富，非常人所及，只要她沉下心来，不忘初衷，出于本性，以真诚恳挚的笔调，把所感所悟，娓娓道来，不需要华辞丽藻，就很动人。因此，我所能做到的，就是不断为她加油打气，告诉她切勿妄自菲薄。

2008年，我翻译的诗集《彩梦世界》（*Colours*）即将出版，这本诗集乃加拿大著名诗人布迈恪（Michael Bullock）所撰，作者以各种缤纷的色彩分别撰写了几十首诗歌，不但把色彩当作名词和动词，而且当一个与实物无涉的主体来看待。他认为每一种颜色都拥有无穷的力量，正如音符一般。由于青霞与我曾经为绚烂多姿的色彩着迷，令我觉得邀请她为诗集写序，乃是最佳的人选。此外，布迈恪又是另一名贾宝玉式的人物。他曾经应邀来港多次，在各大学开设讲座，对"聪明的美女"也情有独钟。有一回他还撰写了 *Literary Moon* 一诗，献给大才女林文月。我当时心中的盘算是请青霞写序，待诗集出版时，才告知布迈恪，让九秩高龄的作者喜出望外，到时，也让青霞可以有机会认识诗人，领略名家的风范。谁知道，诗集因种种不可预测的延宕，竟然在诗人撒手尘寰的翌日，才迟迟

·金圣华译《彩梦世界》 (作者提供)

面世！作家与译文缘悭一面，诗人与美人失之交臂，怎不令人扼腕叹息，低回不已！

所幸,青霞所撰《有生命的颜色》一文发表后受人激赏,广为流传,2009年并获选为华东师范大学出版社出版的《大学语文》范文之一。该书选材甚广,远自屈原、李白、司马迁、苏东坡等，近至鲁迅、艾青、穆旦、张爱玲等人的作品，甚

·《彩梦世界》原作者布迈恪照片 （作者提供）

· 作者与布迈恪合影于香港山顶 （作者提供）

至译自加缪、萧伯纳的文章,都胪列其中。青霞的序言,能够与古今中外大师的鸿文并列,的确令人欣喜!

正如青霞在序言结尾中所述:"诗人布迈恪的创作,加上圣华的'创作',不只诱发视觉,而且可以唤起听觉和嗅觉,让我们的生命、我们的世界增添了梦幻的色彩。"不错,从红毯踏上绿茵,这条漫长的创作之路,原本就是一条寻梦之

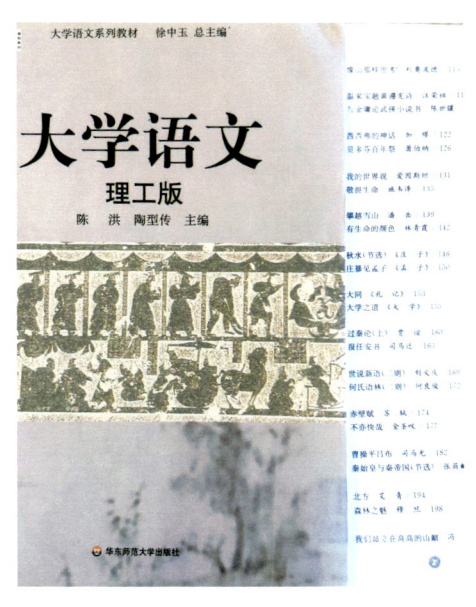

林青霞《有生命的颜色》入选《大学语文》 （林青霞提供）

路，沿途风光旖旎，充满了五光十色的幻彩！

2021—10—13

谈心

6 互相扶持

忽然抬头,看到青霞从对面含笑望过来,目光中尽显温暖与怜恤,从这眼神里,我深深体会到——她懂的!

·作者与林青霞合影（林青霞提供，SWKit 邓永杰摄影）

那一通电话，来的正是我要出门的时候。电话那头，传来低沉哀伤的声音："你有空吗？可以请你来一趟我家吗？"那是2006年5月里的一天。

那段日子，香港翻译学会正在筹备庆祝成立三十五周年的活动，由于我重新出任会长，几个月来，一直忙于邀请名家如林文月、龙应台等前来为学会举行讲座。每次文月来港，我和外子必定会亲自去机场迎接，那天也不例外。正要出门的时候，林青霞的电话来了，情急之下，我们决定兵分两路：Alan去赤鱲角机场，我去香港半山，两人二话不说，夺门而出。

香港半山？到底是哪条街？哪栋楼？完全不记得了，只知道那天匆匆跳上的士，从新界直奔港岛，一路上心里七上八下，忐忑不安。青霞要我去跟她聊聊，我得知她几日前老父仙逝,正陷于丧亲之痛中,真不知道该怎么去安慰她,开导她?那时她家正在装修,所以搬到香港半山去暂住。失去至亲,就好比在汪洋大海里迎风颠簸的扁舟茫茫然迷失了方向;这时候还得暂住别处,更会心神不宁。她怎么经受得住呢?

还记得在早前的日子里,青霞曾兴冲冲地为父亲筹备寿宴。林老先生说,不如等到大寿时再过生日吧!一向孝顺的青霞坚持不肯,"生日年年要过,岁岁要做,哪里还要等?"她特地请刘家昌为老父作曲,并亲自填词——《只要老爷你笑一笑》,更训练两个小女儿在生日宴上为老爷献唱,她还为父亲献上玉桃作为寿礼,又替赴宴的亲朋好友准备了回礼金牌。"我做这些,爸爸可不领情,他舍不得我花钱,还把我训一顿呢!"青霞笑吟吟地说,一点委屈的样子都没有,因为心底明白,哪个一辈子简朴如故而又心疼儿女的老人家不是这样!

那天走进她的居所,我发现公寓很宽敞,但暗沉沉的,室外原是初夏暖阳的季节,室内怎么竟有素秋萧索的感觉?难道是冷气开得太大了?这时,青霞从卧室出来,走到客厅,看起来形容憔悴,脸色苍白,眼睛显得特别累!从来没有见过她这副模样,叫我一时里不知如何启齿,倒是她先跟我打招呼,请我在沙发上坐下,还让用人端出一大碗燕窝来放在小茶几上。"过几天要回台北去主持爸爸的追思礼了,真不知道到时要说些什么?"她幽幽地说,轻叹一口气。空气在沉默中凝聚了几分钟。"你倒说说看,你小时候最记得父亲的,是什么样的情景呢?"我问。"最记得在我三四岁的时候,每当傍晚时刻,我就会蹲在眷村的巷子口等爸爸回来,一见到他出现,就高高兴兴地扑上去握住他的手,我的手太小了,只好抓着他的大拇指。"说时,她似乎在凝目远望,悠然出神。"那么,到你大了,父亲老了的时候呢?"我轻轻追问。"啊!那时候反过来了,轮到爸爸握着我的手了。"就这样,青霞突然醒悟到自己和父亲之间的似海亲情,原来都在两手相牵时所带来的温暖和安全感中展现无遗。于是,几天后追思礼上想说的话,也逐渐在脑海中盘旋成形了。接着,青霞又想起父亲生前的种种:他的隽永智慧,他的雍容大度,他的生性幽默与知足常乐。谈着谈着,好像从极度哀伤中渐渐释怀了,正如她不久后在《牵手》一文中所说:"父亲平安地走了,虽然他离开了我们的世界,但他那无形的大手将会握住我们儿女的手,引领我们度过生命的每一刻。"

那天之后，我们各忙各的，虽时有通讯，但不常见面。我忙于筹办第三届"全球华文青年文学奖"的颁奖典礼，完毕后应王蒙之邀，和余光中一起去了一趟青岛讲学，之后又远赴欧洲坐了一次邮轮。那时候，我父母健在，椿萱并茂，以为日子就会这样平淡而幸福地延续下去，哪知道漫漫长夏的背后，震天惊雷正在静静地酝酿中！

7月10日那一天，我正忙于撰写《江声浩荡话傅雷》一书的序言时，忽然来了个晴天霹雳。那天早上，妈妈在房间里不慎摔了一跤，跌断了髋骨！头一天晚上她还开开心心地跟我说，第二天约了诊所的姑娘（护士小姐）去饮茶呢。这以后，就是不断地求医，连串的诊治，持续进出医院，扰扰攘攘了一个多月，使老人痛苦不堪，叫我们心急如焚。最终，来到了8月中旬，妈妈因昏迷不醒，第四次送进医院。

记得8月13日的晚上，妈妈正在ICU(加护病房)里躺着，当时的我六神无主，心烦意乱，虽然盼着母亲最后会苏醒过来，但心底明白这终究是没有可能的奢望。这时候，手机响了，是青霞的来电。听到我语无伦次的陈述之后，她静静地告诉我:"你该准备了,叫用人去拿一套干净的衣服,到时候给老人家抹身替换。"

那天晚上,我从威尔斯亲王医院出来,望见不远处一排村屋,村屋后横着矮矮的小山丘,灰蓝色天幕上的月亮特别丑,就如一弯陈旧泛黄的贴纸,让造化随手一扔,粘在黑漆漆的山丘上方,一切都这么突兀!

第二天,8月14日上午十点,妈妈撒手尘寰。头顶上原有一棵华盖如伞的大树,为我遮风挡雨,怎么突然间就叶残枝折了呢?

8月16日,青霞写了一封信给我:

亲爱的圣华:

今年六月于美国洛杉矶的玫瑰园安葬了我的父亲。我十八岁的大女儿嘉倩问我,心中有什么感觉,我说他在我的心里,我和老爸之间已经没有了距离,他是"风",他是"云",他是天上的星星,他也是"一股轻烟",他无所不在,他潇洒自如。

记得你介绍我看的那本书《斐多》吗?书里苏格拉

底说过,灵魂是永远不死的,人的身体就是灵魂的住所,房子老了,住所旧了,它会再换一所新的房子。既然我们无法抗拒那自然的定律,就只有面对它,接受它,处理它,然后放下它。

伯父是一位基督徒,他必定会以伯母回到天国,回到耶稣基督的怀抱而感到欣慰,他必定也相信他将会在天国与他的妻子相聚而感到释怀,将来有一天我们也都会在那里见面,所以,让我们擦干那有形和无形的眼泪,在我们有限的岁月里,寻找到快乐的泉源,让我们互相勉励成为生活的艺术家。

青霞
2006-08-16
5:09am.

第二天,8月17日,青霞又给我写了一封短函:

亲爱的圣华:

今天好点了吗?

相信你在处理母亲后事的忙碌中,会帮助你暂时忘親愛的聖華：

今年六月于美國洛杉磯的玫瑰園安葬了我的父親。

我十八歲的大女兒嘉倩問我，心中有什麼感覺，我說他在我的心裡，我和老爸之間已經沒有了距離，他是"風"，他是"雲"，他是"天上的星星"，他也是一股輕煙"，他無所不在，他瀟灑自如。

就得你介紹我看的那本書"斐多"嗎，書裏蘇格拉底就過，靈魂是永遠不死的，人的身體就是靈魂的住所，房子老了，住所舊了，定會再換一所新的房子，既然我們無法抗拒那自然的定律，就只有面對它，接受它，處理它，然後放下它。

伯父是一位基督徒，他必定會以伯母回到天國，回到耶穌基督的懷抱而感到欣慰，他必定也相信他將會在天國與他的妻子相聚而感到釋懷，將來有一天我們也都會在那裏見面，所以，讓我們擦乾那有形和無形的眼淚，在我們有限的歲月裏，尋找到快樂的泉源，讓我們互相勉勵成為生活的藝術家。

李青霞
2006.08.16. 5:09AM

· 林青霞亲笔信（林青霞提供）

记自己的悲伤。人家说家有一老如有一宝，别忘了，你家还有一宝呢！

请节哀，保重！

青霞

2006-08-17

1:49am.

不久后,中秋节将至,青霞约我到四季酒店去喝下午茶。那天,我们在靠窗的座位静静地坐了许久,不记得聊了些什么。天色将晚,这时候放眼窗外,只见车水马龙,华灯初上,为什么这个中秋月圆人不圆呢?我在心中纳罕!为什么外面的世界越热闹越喧哗,我的内心深处越落寞越苍凉呢?忽然抬头,看到青霞从对面含笑望过来,目光中尽显温暖与怜恤,从这眼神里,我深深体会到——她懂的!

2021-10-16

谈心

7 功夫在诗外

『台上一分钟,台下十年功』,观众眼中的成功演出,舞台上、电影中的一招一式、一颦一笑,一举手一投足,是需要多少汗水、多少血泪、多少坚持、多少毅力,才可以磨炼出来的啊!

·2007年，作者与林青霞合影于北京青春版《牡丹亭》酒会上（作者提供）

记得十多年前，有一次学生在课堂上问我："做翻译，除了上课，怎么样才能有进步？"我说："有空去看看莫奈的画，去听听昆曲。"学生看起来一脸疑惑，不明所以。他们不知道，这些正是我那阵子跟林青霞一起在做的事。

翻译家蔡思果写过一本论集《功夫在诗外》，书名出自宋朝大诗人陆放翁的名言。毕生写了上万首诗的陆游在八四高龄之年，给儿子传授写诗要诀："汝果欲学诗，功夫在诗外。"意思是要学好写诗，必须掌握渊博的知识，砥砺磨淬，拓宽眼界。因此，思果在书中说："翻译并不是学了翻译就会的，有很多东西要学、要知道。"其实，岂止翻译而已，艺术到了最高的境界，各种形式之间是互通的，要学好写作，又怎能不兼及音乐、戏剧、绘画、语言等众多领域？

那一回，法国印象派珍品在香港展出，机会难逢，我跟青霞相约去看画。青霞在写作初期,常以题材内容是否会重复而感到困扰。展室中,我们站在莫奈的名画《阳光的效果》和《棕色的和谐》前面,这两幅画的主题都是"鲁昂大教堂"(Cathédrale de Louen),但是由于画家色彩明暗的捕捉,光线深浅的运用,产生了截然不同的艺术效果。莫奈对鲁昂大教堂情有独钟,曾经于1892年至1894年间,在教堂对面小店二楼,租下陋室,日日对着专一的主题悉心描绘,前后画了几十幅晨昏阴晴姿彩各异的名作。论者认为画家这个系列,"画出了生命在光线变幻的时时刻刻所呈现的永恒美"。那天,站在画前,我对青霞这么说:"画过的主题,可以一画再画,写文章也一样,问题是看你怎么写,切入点不同了,自然会呈现千姿百态的面貌。"青霞灵秀敏锐,悟性特高,这以后,她在文章里不时提到几位好友,笔下的施南生在《我们仨,在迪拜》和《闺密》中,张叔平在《创造美女的人》和《男版林青霞》中,先后展现了变化多端、玲珑剔透的风姿。

2007年10月,白先勇制作的青春版《牡丹亭》应邀在北京刚落成的国家大剧院试演。我于2004年在香港看过这出戏,知道它十分精彩,因此竭力游说青霞去观赏。青霞一向低调,不喜欢去传媒涌现的场合凑热闹。再说,这个昆曲戏宝还分上、中、下三本,一连三天演出,每本历时三个钟头,假如不是戏迷,恐怕难以消受。白先勇推出青春版《牡丹亭》其实是个拯救活动,他在年过耳顺之时,不辞万难,扶持百戏之祖重振声威,使牡丹还魂,青春再现,其过程的波澜壮阔,实在令人动容!因此,假如青霞能够在北京演出时现身剧场,一定会给团队带来极大的支持与鼓励!为了使青霞安心成行,白先勇还特地安排了来自上海的好友徐俊导演替他在北京照料伊人出入。最后的推动力,来自一句承诺,我答应青霞:"到了北京,我们晚上看戏,白天带你去拜访季羡林、杨绛。"青霞这时已拜读了两位名家的不少作品,内心钦佩万分,早就萌生孺慕之情,一听之下,欣然说道:"好!我去,我去!"

青春版《牡丹亭》在国家大剧院戏曲厅首演的那晚,盛况空前,来自大江南北的昆曲爱好者济济一堂,有北京的傅敏伉俪、南京的李景端夫妇等,然而最令人瞩目的当然就是盛装赴会、仪态万千的林青霞!当时我们两人比邻而坐。灯光一转,音乐扬起,丝竹之声,悦耳动听。上本演的是"梦中情",戏一启幕,就听到序曲中的独白"情不知所起,一往而深",令观众立即进入那如梦似幻的浪漫氛围。在第三折《惊梦》中,杜丽娘唱起了《皂罗袍》——"原来姹紫嫣红开遍,似这般都付与断井颓垣",这就是数十年前,令十岁童白先勇在上海美琪戏院听后毕生难忘,促成日后跟昆曲结下不解之缘的滥觞。当时青霞和我也都为汤显祖如此唯美的曲词触动。接下去的"良辰美景奈何天,赏心乐事谁家院",更是我们耳熟能详的常用语!不久,柳梦梅上场,与丽娘于梦中邂逅不久,即在花神簇拥下进入牡丹亭中,只听得"湖山畔,湖山畔,云缠雨绵……三生石上缘,非因梦幻",不久,二人携手共上,柳梦梅唱出"这一霎天留人便,草藉花眠,则把云鬟点,红松翠偏……"青霞忽然在耳边悄悄问道:"他俩,做了没?""做了做了!"我急忙回答。原来,中文里形容云雨之情,是可以这么悱恻缠绵,含蓄而不落俗套的。然后,到了第九折《离魂》,丽娘因伤春而断魂心痛,一病不起,中秋降临,自知时日无多,乃拜别母亲,悲切中唱出"不孝女孝顺无终。当今生花开一红,愿来生再把萱椿再奉",这时候,忽听得耳旁传来一阵窸窣,是青霞在开皮包掏纸巾,"给你!"她也递了一张过来。经历过丧母之痛的我俩,这时候,又怎能不眼眶发热?

· 2007年青春版《牡丹亭》演出后，左起：俞玖林、白先勇、金圣华、沈丰英、林青霞 （作者提供）

·林青霞与青春版《牡丹亭》男女主角合影 （作者提供）

    观赏完第一晚，我问青霞，第二天还看吗？"当然看！"她答得理直气壮。就这样，她兴致勃勃连续看了三天。第三天全剧演完之后，我们跑到后台去祝贺，青霞贴心地安排了一场盛宴，邀请全体演员及好友去吃宵夜庆功。那是在北京的一家火锅店，青霞包了场，让大家可以在店里轻松自如，随心所欲地聊天交流。先前在台上颠倒众生的男女主角俞玖林和沈丰英，一看到青霞，马上变成了兴奋的小粉丝，围着

·林青霞在火锅店向青春版《牡丹亭》演员讲故事 (作者提供)

大明星团团转,其他的演员更不用说,全场气氛热烈,情绪高涨,最高兴的莫如"昆曲大义工"白先勇,演出成功固然令人欣慰,青霞的投入,更是锦上添花,为北京国家大剧院这场难得的试演,画上了完美的句号。

青霞为人体贴入微,她不但在席上跟白老师和男女主角共庆,更特地跑到花神、春香等众多演员的桌上去讲故事。一大圈小影迷众星拱月,围着听她讲当年拍摄《东方不败》时,如何从水底上升时夹住假发，几乎命丧大海；演出《新龙门客栈》时，如何右眼为竹剑所伤，差点从此失明……讲得动听，听得入神，一群年轻演员盯着她瞧，眼珠动都不敢动，生怕一动，就会漏掉什么精彩内容了。此时大家心灵契合，精神互通，原来都是为艺术付出的同道中人！"台上一分钟，台下十年功"，观众眼中的成功演出，舞台上、电影中的一招一式、一颦一笑，一举手一投足，是需要多少汗水、多少血泪、多少坚持、多少毅力，才可以磨炼出来的啊！

2021－10－23

8 季老的手

那天,我们在病房中盘桓良久,临走前,青霞忽然提出,想握握季老的手,讨讨文气。

·2007年，作者在北京与林青霞、季羡林合影（作者提供）

2007年10月9日，北京秋高气爽，下午的阳光照得人心头暖洋洋的，我们一行人，青霞、我与Alan，还有译林出版社前社长李景端，高高兴兴地坐上了汽车，整装出发。

此行的目的地是301医院，当然不是去看病，而是探望如今在医院疗养的学界翘楚季羡林教授。在车上，青霞好比武术迷要去少林寺拜师似的，显得特别兴奋。她穿了绿衣黑裙，朴素得像个学生，跟前一晚在大剧院酒会上披着貂皮的华丽打扮大不相同。再一瞧，那件绿色的上衣，绿得发青，这种鲜艳的颜色她可从没上身穿过啊！也许是看到我在朝她打量，她凑过来在我耳畔悄悄说："这衣服，刚买的！"原来，青霞先前在北京街头不知哪个地摊上，看到这件几十块钱的绿衫，觉得颜色挺讨喜的，穿了去见老人家正适合，反正行囊中不是黑的就是灰的，于是急忙买下，赶紧穿上。

到了医院,门禁森严,若不是李景端在场,预先打点一切,到达后再用电话跟季老秘书确认,我们还不得其门而入呢!

回想 2002 年冬,香港中文大学决定颁授荣誉文学博士学位予季羡林教授,该年 10 月,我奉命前往北京专访季教授,为撰写赞词做准备。那时候,季老的府邸坐落在北京大学朗润园。走进大门,只见季老精神抖擞,步履稳健,满室温暖如春,墙上挂了醒目的"寿"字,满屋都是饰物,有画像、盆栽、灯笼、葫芦、佛珠、观音像、象牙福禄寿、三座季老的半身雕像,还有满柜子的线装书。窗外垂柳成荫,窗里杜鹃盛开。那一次,我们聊得很尽兴,事前,我在大学图书馆里借阅季老的著作,看了五六十本,还是难窥全豹。那天的专访,听季老一席话,解答了许多疑问,填补了不少对大师认知的空缺。季老当然知道自己涉猎太广,学问渊博,要为他写任何东西,都很难写得周全,事后他看了赞词,说了一句暖心的话:"难为她了!"

怀着感激的心情,我走进医院的病房,探望阔别五年的季老。抬眼一望,季老已经端坐在小桌前的木椅上等待了,看来精神不错。李景端是老朋友,一进门就指着青霞跟季老打趣说:"知道她是谁吗?"季老头一抬,眉一扬,"全世界都知道!"

·2002年作者访问季羡林于北大朗润园 （作者提供）

说得那么利落，带点豪气，带点俏皮，一下子把大家都逗笑了。李哪里晓得，那年季老8月生日前夕，我们早已买了生日卡，一起签了名，自香港寄上祝福了。接着，我奉上自己的作品《认识翻译真面目》，青霞捧出带来的礼物，一条米色的开司米围巾，一张她所主演的《东方不败》的光盘，上面写着："您才是世界的东方不败"。季老笑着摸摸那条围巾，感受它的温暖，让青霞亲手替他围上，然后叫助理杨锐拿出他一早准备好的回礼，一大摞亲笔签名的书籍，分赠给我们几人。

那一大摞书包括《病榻杂记》《季羡林说自己》《季羡林谈人生》《相期以茶：季羡林散文集》以及《季羡林谈翻译》，都是2006年或2007年出版的近作。老人住院后，病房再怎么宽敞，比起朗润园，毕竟面积小了，摆设少了，然而室雅何须大，志高傲天下，区区病房困不住他那勃发如喷泉的才思和创意，也许，挂在他身后墙上的那副对联，最能表现出他当时创作旺盛的现状："二度花甲再增卅年岁月，半日光景又添一篇妙文。"

交谈中，我发现青霞和季老虽然初次见面，但是特别投契。老人说，最不喜欢虚衔，要摘掉三顶帽子："学术泰斗、国学大师、国宝"；青霞也从来不以为自己是"大美人、大明星、

· 作者赠送作品《认识翻译真面目》予季老 （作者提供）

演艺天才"。

　　季老说，人贵有自知之明，他提到了苏格拉底的神谕。老人在《病榻杂记》中写道："每一个人都有一个自我，自我当然离自己最近，应该最容易认识。可事实证明正相反，自我最不容易认识。所以古希腊人才发出了Know thyself（认识自我）的惊呼。"青霞是我认识的人之中，最常反躬自省的一个，老是觉得自己这里那里不足，演了一百部电影，还嫌没有一部代表作。自从告诉她苏格拉底去神庙求得的神谕，是 Know thyself 之后，她就把这句话一直牢记不忘，那天在大师口中再次听到这句名言，简直让她心有戚戚焉！

老人毕生勤奋，到了晚年，名利双全，他说："可以说，在名利两个方面我都够用了，再多了，反而会成为累赘。"那么，他为什么继续笔耕不辍呢？"如果有一天我没能读写文章，清夜自思，便感内疚，认为是白白浪费一天。"（《季羡林说自己》）不知有多少次，我曾经听到青霞自我反省，认为生也有涯，不能天天在打牌、行街、购物、喝茶中虚耗生命，这就是她这些年来，不求名不求利，纯然为了喜爱写作而孜孜不倦的缘由。

季老即使人在病房，也是书香盈室，他对于自己曾经拥有的书斋，这么形容："我的藏书都像是我的朋友，而且是密友……我每一走进我的书斋，书籍们立即活跃起来，我仿佛能听到他们向我问好的声音，我仿佛能看到他们向我招手的情景。"（《相期以茶：季羡林散文集》）多年后，埋在书堆里的林青霞对我说："我最近回家都很开心，因为每次走进书房，有张爱玲等着我，有太宰治等着我，还有米兰·昆德拉……"使人惊诧这 2007 年邂逅于北京的一老一少，与书籍陶然共处时，怎会如此相像？不但如此，季老谈写作，更是一语中的："我无论是写文言文，或是写白话文，都非常注意文章的结构……对文章的开头与结尾更特别注意。开头如能横空出硬语，自为佳构……结尾的窍诀是言有尽而意无穷，如食橄榄，余味更美。"（《病榻杂记》）这不就是青霞在文学创作中，多年来追求不懈的窍门吗？

那天，我们在病房中盘桓良久，临走前，青霞忽然提出，想握握季老的手，讨讨文气。原来，她一进门，就注意到季老搁在桌上的双手，认为这双手洁白细致，写过上千万字好文章，饱经劫难而居然没有留下任何痕迹，既没伤疤，也无老斑。老人欣然同意，于是，她握着他的手，两人相视而笑，留下了温馨感人的画面。当时，我们并不知道，这双季老的手，原来曾历尽沧桑啊！是这双手，曾经饱受湿疹之苦，充水灌脓，屡医无效，使他不敢伸手同人握手，也不敢与人合照。"因此，我一听照相就觳觫不安，赶快把双手藏在背后，还得勉强'笑一笑'哩。"（《病榻杂记》）所幸 301 医院的医生对症下药，治好顽疾，使老人终于康复。"我伸出了自己的双手，看到细润光泽，心中如饮醍醐。"（《病榻杂记》）这就是那天青霞握着季老的手讨文气，季老笑得不胜欣慰的背后故事。

· 林青霞向季老讨文气 （作者提供）

    由于那次经历，青霞写出《完美的手》一文，使她的写作生涯又跨进一步。那篇文章写得文情并茂，应该刊载在文化期刊，而非一般报章上。于是我介绍她与《明报月刊》的总编辑潘耀明相识，自此，她与《明月》结下不解之缘，至今成为该刊备受重视的作者之一。

2021－10－27

9 错过杨老

多年后,青霞阅读的范围越来越广,当她涉猎了不少有关杨宪益与戴乃迭的报道之后,想起那次在北京错失见面的良机,一直追悔莫及……

· 1985年作者初识杨宪益伉俪于北京（作者提供）

每个人的生活，不管过得顺不顺，总不免会带些大大小小的遗憾。也许，只是错过了一场盛会、一本好书、一出好戏、一次偶遇……但是，日久之后，仍然会耿耿于怀，悬挂心中，每一提起，就惋惜不已！

你想知道青霞的遗憾？你若问起，在与学术文化界交往的过程中，最让她难忘的憾事是什么，她一定会立即撒手摇头，嗟叹一番："别提了！别提了！明明约好的，礼物都准备了，唉！"她说的是2007年10月在北京错过了会晤翻译大家杨宪益的往事。

那一回，我们一起去观赏白先勇青春版《牡丹亭》在国家大剧院的演出，事前已经计划好，到了北京，连看三晚戏，白天就去拜访季羡林、杨宪益，以及杨绛三老。季老的探访如期进行，到了第二天，原定要去拜望杨宪益的，谁知道一通电话打过去，青霞临时取消了行程。当时我并不知道因由，事隔数年后，才得知真相。原来当天下午，跟青霞同行的女友提出异议，在她耳边嘟哝着："来了北京，干吗天天泡着见老人家，你昨天已经见了一个，今天还要再去见吗？"结果，青霞一时心软，怕朋友寂寞，唯有改变行程，陪她去见胡军，那条千里迢迢带来的驼色开司米围巾，也就换了帅哥当主人了。

其实，这件事，也怪我事前没有跟青霞好好沟通。我一早推荐了季老及杨绛的著作给她看，使她印象深刻，然而我并没有仔细介绍翻译大家杨宪益的杰出成就和传奇背景。俗语说，隔行如隔山，更别提一般人不太接触的翻译界了。她哪里知道，这位大师级的名家，是个绝顶风趣、不容错失的可爱人物啊！

杨宪益生平与夫人戴乃迭合作英译中国经典无数，共逾三千多万字，包括《诗经选》《楚辞》《史记选》《老残游记》《儒林外史》等，当然，还有名著《红楼梦》。尽管如此，自从我跟他于1985年相识以来，杨老可从没摆出一副道貌岸然、高高在上的老前辈模样，后来稔熟了，他甚至要我唤他作"小杨"。1994年，他与夫人应我邀请，来香港中文大学新亚书院访学，在香港盘桓了一个月，我当时趁机跟他做了

· 1994年杨宪益教授应作者之邀,到香港中文大学访学一个月
(作者提供)

个详尽的访谈,得知了他许多不为人知的逸闻妙事。

这位出生于天津的世家子弟,原来从小就接触西洋事物,四岁时把父亲酒柜里的上好白兰地咕噜噜整瓶倒进鱼缸,把一池金鱼活活醉死!小时候因为是全家唯一的男孩,特别受宠,家里请来老师教"四书五经",嫌闷,给他连续打跑了四个!上了中学,请了位女教师补习英语,结果却狠狠闹了场师生恋。中学毕业,去英国留学,只补习了五个月希腊文、拉丁文，就考上了牛津，接着去了地中海到处游历，逍遥一年后才正式入学。在牛津时，据他自己形容，书没念啥，倒是常常跟英国同学泡酒吧闲聊天。那时牛津有个"中国学会"，他给选上了当会长，就在会里认识了后来的终身爱侣及翻译伙伴戴乃迭。这样一对神仙眷属，一辈子孜孜不倦，身负译介中国文化的重任，却也曾惨遭牢狱之灾，两人分别坐了四年牢。问他铁窗生涯如何，他说"坐牢，挺好玩"。他教年轻人念英文背唐诗，他们教他稀奇古怪的扒手技术。出狱了，怎么过？他说："原本家里住了三四户耗子，见我回来，很不高兴地溜走了，也挺好玩。"原来，这位出身富裕的译家，因性情豁达，淡泊自甘，尽管生命中经历过逆境低谷，也觉得一切都是"好玩儿"的。

这样一个学贯中西而又洒脱谐趣的人物，假如能够跟善待老人而又不失幽默的青霞相遇交谈，会是一个怎么样让人暖心的情景呢？更何况一个是《红楼梦》的翻译者，一个是《红楼梦》的演绎者？虽然翻译和演绎范畴不同，两人可都是面对经典，努力不懈，要把原著的神髓与风貌尽量如实呈现出来的艺术家啊！

记得那个十月天，虽然没有青霞同行，我还是如常去探访杨宪益。走进位于什刹海小金丝胡同的杨宅时，我心中不

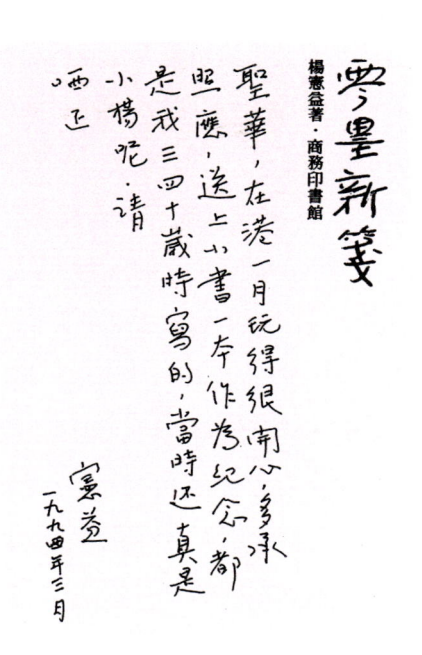

·杨宪益便笺 （作者提供）

免有些怅然若失。多年来，我曾经访问过杨老位于不同地区的府邸，包括最早的百万庄外文局宿舍，后来的西郊友谊宾馆，然而这栋位于蜿蜒曲折小金丝胡同又临近什刹海（其实是湖，北京人把湖也称作海）的翻新小洋房，最别具风味，假如青霞同来，一定会欣赏这典雅中带些时代感的意趣。

记得我曾经读过散文家张晓风的一篇文章《一山昙花》，

记述她错过了满山花开盛景的心情,她说:"遥想上个礼拜千朵万朵深夜竞芳时,不知是如何热闹熙攘的局面。"如今错失花期,空对一山残枝,虽感唏嘘,却容她产生了无穷想象的空间:"凡眼睛无福看见的,只好用想象去追踪揣摩。凡鼻子不及嗅闻的,只好用想象去填充臆测。凡手指无缘接触的,也只得用想象去弥补假设。"在此,就容我用想象去描述一下林青霞和杨宪益曾经可能交会的情景吧!

杨老是最懂得生活、最懂得美的翩翩公子,家中收藏了许多名画古玩美石。记得第一次跟香港翻译学会的同仁拜访他时,他就让客人各自挑选他柜中的玉石,作为见面礼。青霞家里收集了许多大小奇石,两人见面,一定会涉及不少有关的话题。十月那天,我一走进杨老的客厅,见到他精神胜昔,夫人乃迭虽已逝世,茶几上仍然放着他俩的结婚照,就故意逗他说:"小杨,其实你也长得不怎么样,怎么给你追到美若英格丽·褒曼的戴乃迭的?"他一听,很不服气地答道:"当年是她看上我的。"接着,他也俏皮地叫我挤在他那张红色的单人沙发上来个合照,更加上一句:"你先生看了会不会吃醋?"假如青霞在场,他也一定会邀约美人合照,留下倩影的,他又会用怎样幽默的语调跟她打趣呢?我不会喝酒,

·杨宪益手执结婚照 （作者提供）

而青霞能饮，散淡酒仙遇上怡红公子，又会不会来个举杯对饮，畅论"红楼"呢？

多年后，青霞阅读的范围越来越广，当她涉猎了不少有关杨宪益与戴乃迭的报道之后，想起那次在北京错失见面的良机，一直追悔莫及，她甚至告诉我，每次走进书店，看到杨氏伉俪的著作或传记，她都不敢看不敢翻，生怕一碰，触动了心中的憾意，难以自抑！我可从来没有见过，她因为错

·作者与杨老合影（作者提供）

·作者与杨老合影 （作者提供）

过任何心爱的华衣美服或珠宝珍饰，而显得如此懊恼的模样！

对青霞来说，相隔万里"爱美的"乔公，竟隔空相遇了；近在咫尺"好玩的"小杨，却憾然错过了，正如晓风所说："这世间，究竟什么才叫拥有呢？"

2021－11－8

谈心

10 错体邮票

这是难得的错体邮票,出自九八老人工整小楷的手笔,写于曾经创作过《干校六记》《我们仨》等旷世巨作的书桌,还有什么比这更弥足珍贵呢?!

佳人難得

楊絳

二〇〇八年四月八日

林清霞女士

· 2008年，杨绛送赠林青霞的卡片 （林青霞提供）

2007年，林青霞在北京憾然错过了杨宪益，她也没有见着杨绛。这一回，倒不是有啥特别缘故，只是杨先生恰好在那时候出了门，到大连去了。

和青霞结交不久之后，我就介绍杨绛的作品给她，原因是杨先生的写作返璞归真、炉火纯青，用最简约的字眼表达最深邃的内容，真正达到了白乐天"老妪能解"的境界。青霞一辈子在电影圈浸淫，人说电影圈是个大染缸，奇怪的是她竟然一身洁白地从染缸里出来了。不但如此，她的纯真恳切、淡雅朴实，既可从她日常的穿着打扮表现出来，也可从她文字的素净真挚中体现无遗。因此，我觉得杨绛的写作风格，应该是青霞最佳的学习榜样。

杨绛在《走到人生边上》的序言中说："二〇〇五年一月六日，我由医院出院，回三里河寓所。我是从医院前门出来的。如果由后门太平间出来,我就是'回家'了。"这样朴实无华的语言,确是最能触动人心的。青霞说,她写作不会用典故,不会用成语,但是她真,她诚,她下笔把内心所思所感娓娓道来,既感动自己,也感动读者。

青霞当时最喜欢阅读有关生命意义及灵修方面的书籍。恰好杨绛送了一本她翻译的《斐多》给我,我也就转借给青霞一读。谁知道她读后深受感动,竟然一口气买了几十本分赠友人。

《斐多》是柏拉图的对话录,描写先哲苏格拉底临刑当天,跟门徒讨论生死的过程。根据杨绛所言,这本书的翻译,是她的疗伤之作,"我正试图做一件力不能及的事,投入全部心神而忘掉自己。"《斐多》完成出版之时,正好是钱锺书过世一周年的日子。书中谈到灵魂的不朽,以及苏格拉底正气凛然、从容就义的精神。这本书,青霞读了以后深有体悟,也在我俩丧失至亲的哀恸中,成为彼此开解疗愈的良药。因此,青霞对杨绛是衷心感念和敬佩的,不久就开始研读《干校六记》《我们仨》《洗澡》等其他作品。记得2014年杨绛新作《洗澡之后》出版时,还是青霞率先买了送给我的。

·作者与杨绛合影 （作者提供）

2008年春，因参加"傅雷先生百年诞辰纪念座谈会"，我再次上京。行前，青霞郑重其事地委托我，在拜访杨绛时，一定要带上她的问候与祝福。于是，就在4月8日仲春时分，我由法国文学翻译家罗新璋陪同，四访三里河。第一次来，是2000年7月17日，杨绛先生旧历九秩华诞的日子，那时杨先生形容憔悴、心情落寞，谢绝一切应酬，倒是破例接见了我和社科院老同事罗新璋。这以后，每次来访，我发现老人一次比一次壮健，一次比一次精神，其间她不但出版了自己不少新作，更完成了《钱锺书手稿集》的编辑，恰似长

· 作者与杨绛一起欣赏《钱锺书手稿集》 (作者提供)

青的松柏，经历隆冬严寒的风雪，才越发挺拔苍翠！

那天杨绛接待我们，说是要让客人"坐在书堆里聊天了"，因为她正在忙于校对钱先生的手稿。有什么比在书香氤氲的书斋里，跟睿智老人谈天说地，更怡情养性的呢？我当时心想要是青霞也能同行多好，可惜了！

我拿出青霞托我带上的礼物，一盒精致美观的巧克力送赠杨绛。这是青霞在香港尖沙咀一家专卖店搜罗得来的珍品，每一粒糖果，都用不同的彩纸独立包装，再饰以珍珠水钻，闪闪发亮，看起来像一枚枚珠宝，每一个都设计独特，与别不同。老人拿起这盒糖果，在手中细细摩挲，轻轻说道："这么美，包得这么好，都不舍得吃了！"杨绛在一篇文章《劳神父》里，提到她年少时的经历，那位最疼她的法国神父，曾经送给她一盒那年代十分珍贵的巧克力，盒子外包了一层又一层各式各样的纸张，有报纸、牛皮纸、废稿纸，总有十七八层，为的是让小女孩知道珍惜，不要随便吃光，而要带回家跟爸妈一起品尝。那天，老人拿着香港捎来的巧克力悠然出神时，岁月匆匆，不知心中是否又想起了这桩不曾褪色的童年往事？

接下来，杨先生谈兴很浓，我们从她的新作谈到练字，从运动说到养生，聊着聊着，时间很快过去了。我想起青霞上次没能前来会晤的遗憾，赶紧替她向先生求几个字。我在杨先生的书桌上翻出一张便条纸，请她题上墨宝，她略微迟疑，说写什么呢？这时罗新璋在一旁提议写"佳人难得"吧！罗是极有才气的翻译家，经他一说，杨绛立即写下，题了上款"清霞女士"，下款"杨绛自叹无缘"，我当下觉得如获至宝。谁知道便条刚写完，她说："不行，这纸不好看！"于是，开始在那张斑痕累累的书桌左边靠窗的抽屉里寻找，那抽屉也老旧了，拉开来时费了不少劲，还嘎吱嘎吱作响，结

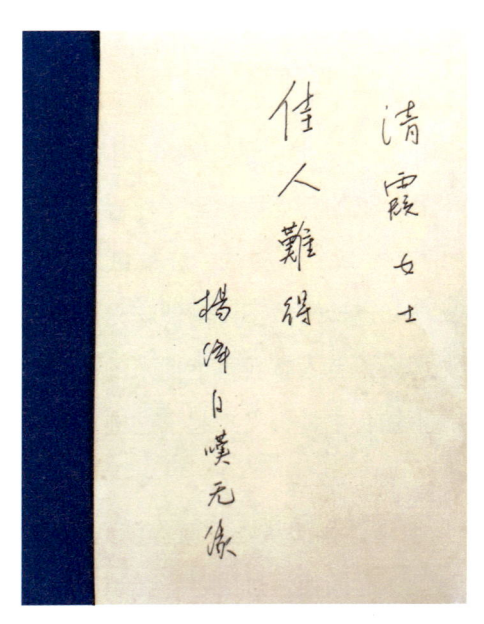

·杨绛原先写的便条 （作者提供）

果先生找出一张精致美丽的卡片连信封，再重新书写一遍。这次，她总算满意了，于是，收好卡片，再题签了一本《斐多》，把原来的便条交给我留着，嘱咐我只可把美丽的卡片连书一起交给青霞。

其实，杨绛当时把"青霞"两字写成了"清霞"，我们都不愿意提出，因为，这是难得的错体邮票，出自九八老人工整小楷的手笔,写于曾经创作过《干校六记》《我们仨》等旷世巨作的书桌,还有什么比这更弥足珍贵呢?!

　　回到香港后,我把杨绛的墨宝交到青霞手上,这张难得的"错体邮票"多年来发挥了积极的作用,如今,"邮票"的得主不但在写作方面进步神速,而且在风格气韵上,也不断向着大师靠近。多年前,香港翻译学会颁授荣誉会士衔予杨绛,她不克前来,特地写了答词,要我替她代为宣读。答词短而精彩,她如此写道:"翻译是没有止境的工作……所以译者常叹'翻译吃力不讨好',确是深知甘苦之谈。达不出原作的好,译者本人也自恨不好。如果译者自以为好,得不到读者称好,费尽力气为自己叫好,还是吃力不讨好。"此处一连用了几个"好"字,看似平淡,实则妙趣无穷!最近,青霞写了一封信给一个影迷,鼓励这个年方二十的女孩努力向上,她在信中说:"离开舒适、温暖的家,到外地求知识、交朋友,你的归属感和安全感应该向自己心里找,要像油麻菜籽一样,在哪里都可以长得好……这个年纪迷茫是正常的,你只要像海绵一样,好好学习,把当下的事做好,机会就会自动找上你的。"语气的平实真挚,不是也带有几分杨绛笔触的影子?

杨绛老而弥坚、永不言倦,在一百零三岁的高龄,还出版新小说。"错体邮票"的得主,也在给女孩的信中说:"你姊六十七了,还在天天学习,还想做海绵,说真的,姊这两年吸收了不少知识,看了不少书,结交了不少有识之士,天天很开心。"有杨绛先生的精神在前面遥遥引领,我们知道学无止境,只要不断求进,生活怎么会不充实?

       2021—11—11

11 在半岛的时光

在这堪称香港地标的优雅场所,发生了不少趣事、乐事或令人难忘的事,虽零星,也略可一记。

·作者与林青霞合影于香港半岛酒店 (林青霞提供)

从 2008 年到 2012 年,这几年的转变太大,发生的事情也太多,我和青霞各自面临了种种不同的经历,有悲有喜,有高峰、有低谷,然而,都走过了,都彼此协助互相勉励地走过了。除了通电话,我们也不时会晤,而半岛酒店就是我们经常相聚的地方。在这堪称香港地标的优雅场所,发生了不少趣事、乐事或令人难忘的事,虽零星,也略可一记。

半岛地处九龙尖沙咀,由于对面不远处就是香港文化中心和博物馆所在,因此往往成为我们参加种种艺术活动之前的栖息地。记得我们曾经从那里出发去观赏法国印象派画展、莫斯科管弦乐演出、法国歌剧《卡门》,以及赖声川导演的《红楼梦》歌剧等节目,而每次来半岛,我们总会找一个偏在角落不太显眼的座位,这样可以确保不受打扰,安静交谈。

尽管如此,青霞的魅力可依然没法挡,不管她是否背对大堂面向窗口坐，目光锐利的影迷总有办法把她一眼认出来。不知道多少次，形形色色的各地游客，多半是来自内地或台湾的，不断趋前来跟她打招呼，要求合照或签名。青霞不喜合照，对于签名，倒是来者不拒。有一回，一个从美国来的台湾同胞，拿出一张脏兮兮、皱巴巴的美钞，请青霞在上面签个名。完美主义的美人一瞧，发现钱太旧了，这可不行。于是二话不说，立即从自己的皮包里掏出一张簇新的五十元港币，在上面签了名，送给痴痴等待着的影迷。那位男士受宠若惊的模样，至今我还记得清清楚楚。

2007年3月31日下午，青霞忽然给我发来了传真（那时候，我们还没有发展到用手机或电邮通讯），告诉我一个天大的消息。原来她得知香港电影资料馆得到了一个《孔夫子》的拷贝，暂时不清楚是不是我父亲投资监制的那部影片。说起《孔夫子》，那是早在抗战时期于上海孤岛拍摄的，也是民华影业公司的创业巨献。这部大制作由费穆导演，摄制经年，耗资十六万，而当时其他影片的成本平均只有八千元。《孔夫子》于1940年上演时虽然盛况空前，但不久后却因时局动荡而辗转遗失了，数十年来杳如黄鹤，音讯全无，因此成为我们全家在饭桌上，一谈起就会叹息不已的憾事。若不是我曾经跟青霞提起过此事，而她又确实记挂在心，我不会知道《孔夫子》重现人间的喜讯，香港电影资料馆也不会因此跟我联系接洽种种有关事宜，此后的电影修复、重新上演、光盘制作、全球推广等等后续工作，也不会如此一一实现。如今，《孔夫子》已经成为中国电影史上的一座丰碑，也是

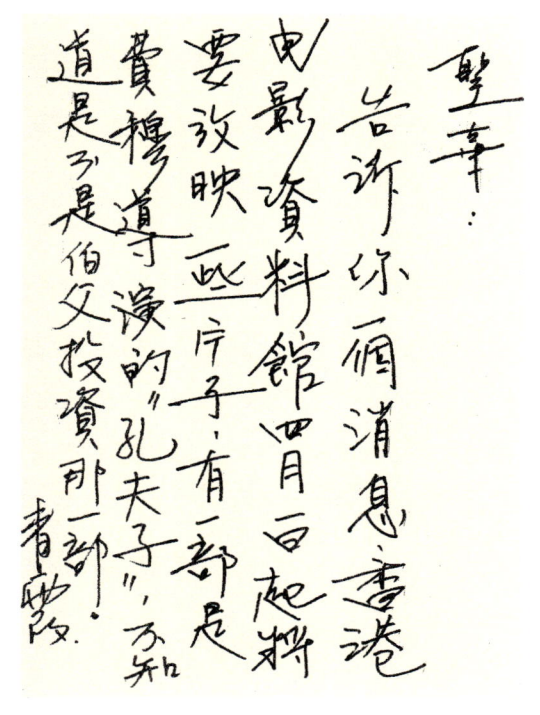

· 2007 年，林青霞传来有关《孔夫子》的传真　（作者提供）

香港电影资料馆的珍贵典藏，每年向资料馆借片献映的地区或国家，遍及世界各地。

　　一年后的某一天，就是在半岛茶叙后，青霞忽然提议："现在有空，不如让我去探望金伯伯吧！"由于事出意外，我当时又有点倦了，不由得犹豫起来，一方面心中暗忖唯美浪漫派老爸，虽然卧病在床，如果看到大美人亲临探望，一定会喜出望外，可能连病都会好了一半；另一方面又担心他爱美如命，那一回连去加拿大野生动物园游览，都要西装革履穿戴整齐的，如果见到青霞突然到访，而自己穿着睡衣躺在床上，岂不是会措手不及，自叹狼狈吗？因此，我当下推搪起来："改天吧！反正以后有的是时间！"谁知，人生中的机遇，的确是"一期一会"，错过了，就是错过了，恰似滔滔东流水，一去不复还。2008年6月，爸爸就撒手尘寰了，那样喜欢电影又欣赏美人的他，始终跟青霞缘悭一面。爸爸走后，我在他的枕头下发现了那本青霞在诚品买来送给他的大字版《唐诗三百首》，许多书页折了角，上面印着的都是小时候他教我念的那些诗。

　　2011年4月的一天，我又跟青霞相约在半岛。这一回，我们有好几个月没见面了。我跟她说，这半年来，我在隐居，哪里也不想去，谁也不想见，她说："我也一样。"她仍然是一身淡装，米色上衣、米色长裤、米色围巾、米色手袋，素净得很！我说："你是唯一一个没有拿爱马仕手袋的阔太。"她说："爱马仕我也有。"这个当然，爱不爱显扬而已！接着，她郑重其事地宣称："我决定要当阔太太了。"结婚十八年了，现在才来做阔太？岂不有趣？她接下去说："我得花花钱、喝喝茶、打打牌，到处旅游，百事不管，而自得其乐，不要再有内疚感了。"她说得像煞有介事，可是那"阔太"两个字，说起来像是自嘲似的，不！更像是在说毫不相干的他人！

记得布迈恪的超现实主义小说《黑娃的故事》里有那么一段，主人翁原本跟黑娃和白妞两个女孩坐在床上，突然见到窗户打开，就从窗口飞了出去，安坐在院子里一棵桃树的枝丫上回望室内，发现自己依然在床，于是就像个客卿似的端详着这另一个 ego（自我）的一举一动。这种从里到外，再从外到里，坦然审视自我的本事，可不是人人具备的。青霞演了一百部戏里不同的角色，既能沉浸其中，又能断然抽离，那种能耐，就变成了不时体现在她生活中、写作里往往出其不意幽自己一默的独门武功。她说的话写的文字，常逗得我哈哈大笑，哪怕我正在经历人生低谷时。

· 作者与林青霞在半岛酒店互相素描对方　（林青霞提供）

那时候，青霞正在筹备出版她的处女作《窗里窗外》，付梓前校对内容、设计封面、筹划新书发表会等等诸多杂务，令她忙得团团转。因求好心切，她有时不免会忐忑紧张，所幸一切都顺利进行，新书终于在7月如期出版了。我呢？那段时期混混沌沌、消消沉沉，因外子罹患绝症而哀伤欲绝。乐观进取的青霞，不时会打电话来鼓励打气，为乌云密布的天空，带来丝丝阳光。

那年 12 月 17 日,我们全家陪同 Alan 一起到半岛去喝下午茶。青霞早替我们订好了位子,她和女友也坐在旁边一桌。大厅里已经布满圣诞装饰,灯光灿烂,华丽悦目,乐声悠扬中,青霞看到我们一家进来,子女扶着身体虚弱的父亲,缓缓而行。这时候,她突然站起身来,靠近外子对我子女说:"你们搀着爸爸,该这样扶才稳当!这个我有经验呀!"于是,她亲自示范,一手挽着,一手托着,并解释该如何如何,说完了,要我的女儿、儿子、媳妇三人各自演习一遍,她在一旁细心督导,确保搀扶稳妥了才放心,顺便也让他们平日久坐不动的爸爸趁机运动一下。此时生性腼腆的外子,在瘦削的脸上,露出了久已不见的笑窝。那天,我们一起谈笑、一起拍照,度过了温馨愉快、全然忘忧的下午。

那天在半岛,是外子离世前最后一次外出。回忆起来,我们只记得那灯光、那乐声、那笑语、那香浓的咖啡、那温暖而真挚的友情!

知道我在写《谈心》系列,儿子说:"你一定要把那次在半岛,青霞姐教我怎么搀扶爸爸的事情写出来。"

2021－11－20

谈心

12 听余光中一席话

余先生告诉青霞,写文章要注意音乐感、节奏感。余光中自己的作品,不论是诗歌、散文或翻译,都铿锵可读,掷地有声。

· 2003年，余光中获得香港中文大学荣誉文学博士学位，与夫人及作者合影 （作者提供）

2012年从春到夏，日子过得恍惚而哀伤，终身伴侣遽然离世，留下的是无边的寂寞与空虚，失去了另一半的扶持和照顾，就如失去了后援的残兵，孤单一人，在夕照下、沙场上，拖着赢弱的影子踽踽独行。精神上虽可勉强对付，身体的运作，却最真切，最不会骗人，最反映实况！

那一阵子，我全身的零件，似乎都突然散了架，这里作怪，那里失灵，一日一花样，让人不知所措，只可以对着匪夷所思的病痛发呆发笑，无所作为。这时候，除了家人的大力支持之外，各方好友的关怀和体恤，就成为最重要的支撑与动力了。青霞的支持特别贴心，来自看似不经意不起眼的细节，却让人暖洋洋，铭感难忘。最记得有一天我突然双脚红肿疼痛，竟然不良于行了。要出门就医，家里任何一双鞋子都套不上肿胀的脚，塑料拖鞋又硬得不行。青霞一听，马上差人送了一双她穿软了的旧布鞋来,尺寸比我平日的大,正好合适,否则,我当天根本难以跨出门口。又有一次,因为腰痛发作,无法安坐,到东到西都得带上垫子同行,椅垫塞在塑料袋里,沙沙作响,又碍耳又麻烦,青霞实在看不过眼,不声不响送了一个 Lanvin 的环保袋来,大小跟垫子一模一样。再有一回,她去按摩,发现了一种中间开孔的软胶垫子,使人头部向下俯身平躺时有所承托,知道我平时也需按摩保健,她立即送上这种软垫来让我舒压。听闻我突然嗅觉失灵,她又赶紧带我去看专长舌头针灸的中医,希望有所帮助。除了这些实际的行动,青霞更在精神上予以全力支持,开始时,她不断劝勉我"与痛共舞",不久后,看我意志还算坚强,就干脆敦促我"把痛吃掉"了!

因此,就在这种"把痛吃掉"的状态下,我们又恢复了向名家前辈讨教学习的历程。

那年6月27日,《明报月刊》总编辑潘耀明推动和创办的"字游网"在香港举行启用酒会,请来了不少作家学者参与盛会。余光中伉俪也应邀自台来港出席,青霞一听,认为机会难逢,马上央我邀请余先生于会后一晤。于是,当晚在酒会之后,余先生推辞了场面热闹的"官方"晚宴,答应了

·2012年作者与林青霞、余光中伉俪合影（作者提供）

青霞盛意拳拳的私人聚会。

在君悦酒店的中餐厅"港湾壹号"里，青霞初会诗人余光中，虽然两者都是来自台湾的知名人物，却素未谋面。在席上，主人除了为贵客殷勤劝酒布菜之外，少不得要向他请教，虚心求教写作之道。令大明星想象不到的是，诗人并非不食人间烟火的学苑中人，而是年轻时喜欢披头四，年长时也不忘嗜爱好戏名剧的观赏客。这从诗人日后欣赏胡歌的《琅琊榜》，前后重看八次的"业绩"，可以得到证明。余先生告诉青霞，文章如果写得好，一提起那地方，读者就联想到那作者了。的确，这就是作家引人入胜的地缘，张爱玲写上海，傅雷译巴黎，甚至乔志高翻译菲茨杰拉德的《大亨小传》，都是因为他们与笔下的城市，结了深厚的缘分，他们沉浸其中，得到养料，得到滋润，从而以华美的辞藻，高洁的颂赞，予以回报。

余光中自从 1985 年开始，就在台湾中山大学创校校长李焕的盛情邀约下，出任该校外文所教授兼文学院院长，自此定居当地三十二年，直至去世为止，从未离开。是他的健笔，将原本只让人联想到加工区的高雄，改变为一个充满艺术气息的地方；是他的高才，让原有"文化沙漠"之称的地区，变成了一个诗情洋溢的城市。因此，在某一个意义上，余光中不仅成为中山大学，也成为高雄的代名词。且看他的名诗《让春天从高雄出发》中的一段：

　　　　让春天从高雄登陆
　　　　这轰动南部的消息
　　　　让木棉花的火把

用越野赛跑的速度

　　一路向北方传达

　　让春天从高雄出发

在这首诗中，我们看到的是色彩、动感，和激越的力量！经诗人生花妙笔一挥，高雄活了！这就是余光中要传授给青霞的妙诀。

　　除此之外，余先生告诉青霞，写文章要注意音乐感、节奏感。余光中自己的作品，不论是诗歌、散文或翻译，都铿锵可读，掷地有声。他最注重韵律与节奏，不久前，余师母传来先生翻译济慈《秋之颂》一诗的手稿，只见稿纸上布满密密麻麻的蓝字红批，仅仅是第一二句，就看到一遍又一遍的修改痕迹。原文中 fruitful 一字，诗人就从"瓜果饱孕"，改译"瓜果饱满"，再改为"瓜满果饱"，最终定本为"瓜盈果饱"。由此可见,诗翁写作或翻译时,对于语文的含义、节奏、音韵、气势的确字斟句酌，时时留意，拿捏得十分细致用心。

　　余光中的一席话，对于青霞往后的写作，影响颇深。青霞最初纯粹以得天独厚的禀赋、旁人难企的经历来创作，所靠的几乎全是粤语所说的"天才波"，到了此时此刻，出版

·2017年作者与余光中合影于高雄余府 （作者提供）

了第一本散文集后，求好心切而又谦虚努力的作家，早已从率性尽兴的发挥，进化蜕变到有意识、有章法的经营了。

青霞每写一篇文章，都要修改十遍八遍，方才罢休。举例来说，《有生命的颜色》一文，她就前后改了十一遍，这不过是常态而已。在精益求精的过程中，她渐渐领悟到写作的技巧，例如行文中"被被不绝""的的不休"的毛病，啰唆累赘、拖泥带水的弊端，都是必须去除的，同一行里，用过的词句最好不再重复，除非是作者刻意而为，就如丘吉尔在第二次世界大战时，发表的著名演讲词 *Blood,Toil,Tears and Sweat* 中，为了振奋民心，提高士气，不断重复使用 victory 一词一般。

随着时间的推进，我们彼此之间，写完文章之后，早已从单向的校订，演变为双向的审阅了。最近一次，青霞看了我某一篇文章的初稿，传回一则讯息："你在第一段里，用了两个'但是'！"一读之下，使我不禁暗喜，不禁莞尔！看来，当年余光中的一席话，如今的确起了作用！

2021—11—28

谈心

13 听傅聪演奏

他的琴艺固然出神入化,毋庸置疑,使人心折的更在于他多年来刻苦自励、发愤图强,早已在父亲傅雷教诲之下,成为一个真正『德艺兼备、人格卓越的艺术家』。

·2013年林青霞与傅聪合影 （作者提供）

"你现在坐着，还是站着？"青霞在电话那头问，声音凝重，又很急促，"你先坐下来，坐下来，告诉你一个消息！"

因为跟她几乎天天通话，彼此之间只要一开口，就知道对方当天心情好不好，身体累不累，可是从来没有听到过她这么严重的语气，这是怎么回事？

"傅聪进医院了，他太太 Patsy 也进医院了，他俩在英国得了新冠！"

2020年12月，是青霞第一个告诉我傅聪伉俪双双罹病的消息，她的人脉广，圈子大，我没有问她消息从何来，只知道一下子大石压顶，心已经沉到谷底了。

青霞是在我还没有介绍她认识傅聪之前，就对钢琴诗人十分欣赏的。由于我是傅雷英法文家书的翻译者，所以一早就把《傅雷家书》介绍给青霞阅读。这部脍炙人口的常销书，自从 1981 年由三联书店初版至今，四十年来，销量早已超过百万本，成为家喻户晓的现代经典。为人子女的、为人家长的、身为音乐或艺术工作者的、从事翻译或文学创作的，任谁读了这本两位杰出艺术家之间的心灵对话，都可以从中得益。

2005 年，浙江古籍出版社的徐忠良先生，有缘到傅敏府上造访，亲睹傅雷笔画严谨、格调高雅的多种手稿，乃兴起以传统古籍宣纸线装方式影印手迹，来"重现傅雷手稿真迹神韵"的构思。2006 年，宣纸影印线装版《希腊的雕塑》手稿，正式面世，及时赶上了在上海浦东南汇县举办的"江声浩荡话傅雷——纪念傅雷逝世四十周年"的活动。

我从南汇返港后，带回了一套《希腊的雕塑》手稿送给青霞，她看到这本装帧精美、古色古香的线装书，翻阅里面傅雷为培育爱子以蝇头小楷手抄的六万字内容，不由得为这对父子之间的似海亲情触动。正如徐忠良所说："从他（傅雷）的笔墨点画里感受文化的蕴藉，绵厚的父爱。"因此，青霞立即托我再向出版社询问，看看能否在上海多买几册这本珍贵的线装版手稿。得知上海的福州路艺术书店有售，青霞马上委托朋友专程飞去上海，搜罗了六册《希腊的雕塑》，分赠友好。

几年之后,有一回,青霞偶然在"可凡倾听"里,聆听到"傅聪访谈录",一听之下,更对这位性情中人心悦诚服。青霞自己是个非常真诚的人,最怕虚情假意,所以生平喜欢结交的都是能托付真心的朋友。她的闺蜜施南生说得好:"青霞最会交朋友!"青霞也景仰有真学问和真性情的前辈,例如季羡林。有一回,她斩钉截铁地宣称:"我不会说假话,假如要我说假话,我宁愿不说话!"这种豪迈爽朗的气度,跟傅聪不媚俗不作假的铮铮风骨,倒是不谋而合。

在那次访谈录中,最令青霞感动的是,哪怕访问者提出寻常不过的问题,傅聪的回答都是经过思考,出自肺腑,极有深度、极有内涵的。他的琴艺固然出神入化,毋庸置疑,使人心折的更在于他多年来刻苦自励、发愤图强,早已在父亲傅雷教诲之下,成为一个真正"德艺兼备、人格卓越的艺术家"。那次之后,傅聪就变成我们交谈中不时提起的对象。

2010年春,得知傅聪即将来深圳演出的消息,我们都十分欣喜。于是,两人兴致勃勃地张罗,计划怎么样从香港去深圳听演奏会,怎么样在会后跟傅聪见面,请他吃饭。因为知道他喜欢牛排鹅肝,青霞打听之下,知道当地有一家特

· 1991年，傅聪为香港翻译学会义演后与会长金圣华合影　（作者提供）

别出色的鹅肝专门店，赶快预订座位，更叮嘱了从演奏厅前往该处的交通安排。正在访港的唐书璇听闻此事，也表示要一同前往。一切办妥之后，我们就充满憧憬，静待会晤之期了。

谁知道，天意弄人，命运之手任性无情的操作，决定了人世间一切喜怒哀乐的搬演。就在出发前几天，检验报告确诊了外子患上危疾,于是,初春的明媚,刹那间演变为暮秋的萧索,片片落叶满心头!

因此,青霞直至2013年冬,才有机会聆听傅聪的演奏。那年11月26日,傅聪来港演出,这次终于机不可失了。我事前跟傅聪和他的经纪人刘燕接洽,请他们当天晚上在大会堂演出后跟我们一起去吃饭聊天。虽说吃饭,但演奏结束后,差不多时近十一点了,一般饭店将要打烊,为了选择适当的地点,青霞又花了不少功夫,最后决定在刘嘉玲开设的西班牙饭店Zurriola,待其他客人走后,包场设宴,以表示一番诚意。

那天晚上,傅聪演奏的曲目包括海顿的《F大调奏鸣曲HOB XV1/29》,莫扎特的《降B大调奏鸣曲K570》,贝多芬的六首《巴加泰勒Op.126》,以及舒伯特的《G大调奏鸣曲D894》。这些曲子,根据我事后向傅聪的忘年交陈广琛博士讨教,大部分都是属于作曲家晚期的作品,难度不低。有些可能看起来简单,但是精神境界非常高,需要演奏家具有炉火纯青的技巧和敏锐超凡的感受力,才能好好掌握。此外,有些作品是傅聪演奏了很久的,有些是他后来新练的,然而都是他体会极深的音乐。

演奏过后，我们到后台去找傅聪，那晚他显得特别疲倦。我不知多少次去过后台探班，曾经见过他轻咬烟斗，悠然出神；曾经见过他眉头紧锁，汗水透衫；最令人难忘的一次是2007年12月也在大会堂演出的那场，在扣人心弦的演奏后，只见音乐家在后台热汗淋漓，渗透了捆绑在身上的医疗背心。原来傅聪来港前不慎在成都机场摔了一跤，右边两根肋骨断裂，出于对艺术的执着和对观众的承诺，他坚持继续演出，这是内地医院为他特制的护甲，让他可以忍痛"戴着镣铐"上台。

2013年11月的那天晚上，我们一行人到了Zurriola，宽敞的饭店里只有我们一桌，大厨特地出来招呼贵客，跟大音乐家欣然合照。饭桌上，傅聪起初话语不多，看得出青霞有点担心，唯恐招待不周，我悄悄跟她说："没事！他累了！"毕竟，已经年近八十了。当晚的菜肴，在青霞悉心安排下，特别精致可口，吃到第六道菜时，傅聪突然开口道："西班牙菜，从来没有吃过这么好吃的！"说着，他笑了，单纯得像个孩子！

这次之后，虽然经常通讯，但没有再见傅聪。2020年12月28日，噩耗传来，钢琴诗人不幸让新冠病毒夺去生命，自此乐坛星沉,世间再也没有学问如此渊博、内心如此澄明的音乐赤子了!

青霞与我,都哀伤莫名,我们一起为2021年2月《明报月刊》的傅聪专辑写了悼念文章。1月20日上午十点,Patsy在伦敦为傅聪举行追思仪式,远在上海因疫情不能出席的长子凌霄,透过Internet,在父亲悠扬的琴声中,朗读了李白的《送友人》:

> 青山横北郭,白水绕东城。
> 此地一为别,孤蓬万里征。
> 浮云游子意,落日故人情。
> 挥手自兹去,萧萧班马鸣。

追思礼举行时正是香港的午后六点钟,我和青霞不约而同,关上了房门,打开了傅聪弹奏的肖邦,静静聆听,默默哀悼,为远去的友人遥寄上无尽的思念。

2021—12—9

谈心

14 「迁想妙得」与饶公

饶公跟我说了四字秘籍——「迁想妙得」。而这四个字,就像一把宝库的钥匙,在他的生命中,开启了学术殿堂的辉煌和艺术世界的璀璨!

·林青霞与饶宗颐墨宝（林青霞提供，SWKIC邓永杰摄影）

知心的朋友之间，往往有一些"密语"，一说出来，无须多言，彼此就会心领神会，也许，颔首一望；也许，相视一笑，总之，三言两语，已经道尽了千丝万缕的思绪。青霞与我，一说到写作或读书，最常提起的"密语"，就是"迁想妙得"。

这四个字的来源，与学界泰斗饶宗颐息息相关。

早在20世纪70年代中，饶宗颐应香港中文大学之聘，出任中文系讲座教授兼系主任。当时，翻译系有一段时期并入中文系，于是，我跟饶公就顺理成章地结下了同系之谊。那时的饶教授虽仍年轻，却已然是学贯中西、博古通今的名学者；飘逸不群、琴书自适的艺术家了。尽管如此，他可是非常平易近人，从来不端架子。1978年，饶教授在名义上退休，实则退而不休，无论在治学或艺术方面，都层楼更上，拓展更广了。

饶公的学问,包罗万有,浩瀚无涯,不提别的,光是对法国敦煌学的开发,就贡献良多。因此,他跟法国学术文化界渊源极深。由于得知我曾负笈索邦,每次在学术活动的场合见到我,他都特别亲切,必定会跟我谈谈法国风貌或巴黎友人的近况,我也因此能有机会不时跟他闲聊讨教。有一回,我好奇地问他,为何每次见到他都精神奕奕,从来不显疲态,他说:"我练气功咯!"以为他是哪一派高手宗师,他笑着接下去:"写字、画画、弹古琴,就是练气功的良方啊!"原来,饶公平日里除了研究学问之外,时时与翰墨丹青为伍,闲来更操琴自娱,各种艺术,无一不通,无一不精,而每一涉猎,必然凝神屏息,专心致志,这样才能达到饱酣淋漓、力透纸背的效果。

2003年,香港中文大学决定颁授荣誉文学博士学位予饶宗颐教授,撰写赞词的重任,又一次落在我的身上。一如以往,虽然我跟饶公稔熟,要描绘这样一位业精六艺、才备九能的硕学通儒,就不得不求助于一次详尽的专访面谈了。那次在崇基学院的紫荆厅,饶公对我细述了他学术生涯的缘起,一路行来的进展与开拓,最使我感兴趣的是,他的学问

·2003年作者专访饶公 （作者提供）

博大精深，而吾人生也有涯，如何在短短数十年中，能遍及多门绝学而游刃有余呢？饶公跟我说了四字秘籍——"迁想妙得"。而这四个字，就像一把宝库的钥匙，在他的生命中，开启了学术殿堂的辉煌和艺术世界的璀璨！

"迁想妙得"，源自张彦远《历代名画记》中引用东晋顾恺之论画所言，原意指画家作画时，必须以形写神，融会贯通，方能创意涌现，气韵生动。其实，所有的艺术都是互通的，做学问和写文章也不外如是。自从得知了饶公治学从艺的要诀之后，我时时铭记在心，后来认识了青霞，就自自然然以这四字箴言与之共勉。

青霞素来极有悟性与慧根，凡事皆能举一反三，触类旁通。她自从开始写作之后，也爱上了阅读，每读一书，又能尽量从中吸取养分，通过"迁想"，化为己有，而享"妙得"。最记得她说笔下《我魂牵梦萦的台北》一文，是因为读了超现实主义小说《黑娃的故事》，才写出那朦朦胧胧、似幻似真的起首；写《致前线抗疫英雄》一信，是受了英文诗剧《赵氏孤儿》中译的影响，才写下宛如诗体一般的话语；由于看了海明威的作品，才想起在《我的右眼珠》里，提到医生动手术开白内障，好像在拨弄 oyster（牡蛎）。当然，她最欣赏的太宰治、张爱玲、村上春树，甚至普鲁斯特和米兰·昆德拉的风格与手法，都或多或少反应在她的多篇创作之中。每当她完成一篇新作，我们都会讨论再三，每次发现文章里的某些亮点，我们就会蹦出一句"迁想妙得"来总结，然后相对会心一笑。

2014年，饶公在香港大学举行书画展，青霞对大师心仪已久，于是我约她一同前往欣赏。会场上看到气势磅礴的巨型荷花，那舒放之姿、那恢宏之态，俨然是力的表现，使人难以相信竟然出自九七高龄的老人之手！的确令人动容！

在会场上巧遇饶公的家人，于是促成了不久后会晤饶公的晚宴之约。

记得那次晚宴的地点是尖沙咀某处酒店的宴会厅，宾客济济一堂，似乎多是饶公相熟的亲戚朋友，众人看到青霞都特别高兴，纷纷上前招呼。开席了，青霞和我一左一右，给安排在饶公两旁，饶公则神清气爽，一就座，就拿出特地为青霞准备的横幅墨宝相赠，上书"青澈霞光"四个大字，苍劲雄浑，左边题款"甲午选堂"，并盖上印章。饶公随即在饭桌上握着我俩的手，虽然已年将近百，那一股手劲，却十分有力，超乎常人，大概是日常勤练气功的缘故！饶公这一握，倒使我们联想起林语堂晚年的一段逸事。在林太乙为父亲撰写的传记中，曾经有过这么一段记载："圣诞节快到，我带他到永安公司，那里挤满了大人小孩在采购礼物，喜气洋洋。他看见各式各样灿烂的装饰品，听见圣诞颂歌，在柜台上抓起一串假珍珠链子，而泣不成声。"（《林语堂传》）原来，老先生是因为多么热爱生命，才会紧紧抓住美好的世情，不肯放手啊！

当晚，饶公胃口甚好，在席上，把晚辈替他夹在碗里的佳肴全部吃光，看来是长寿之征，不由得使我们心中暗喜。

· 2014年作者与饶公、林青霞合影于晚宴上 （作者提供）

饭后，所有宾客要求来张大合照，拍照时间拖得很长，老人不得不站着应对，身边的青霞心疼老人，深怕他累了，于是在一旁暗暗地撑着他，这原是她体谅长者的一贯举措。在那之前不久，闺蜜施南生于法国领事馆获颁骑士勋章，商业电台的何佐芝先生也出席盛会，因为演讲的时间太久，而九十五岁的何先生为了尊重场合，坚持站着听，青霞也曾静静地走到他身边,悄悄地搀扶支撑。"老人家都不喜欢别人扶，我只好假装没扶。"她事后体贴地说。

经过了那晚的宴会,使我想起坊间有句话:"北有季羡林,南有饶宗颐。"南饶北季二人,知识渊博,名闻遐迩,乃享誉全球的学问大家,举世敬仰的殿堂人物。青霞因缘际会,在她从事创作的道路上,不但亲炙了两位大师的风采,更在与大师两手相握之中,以后辈虔敬谦逊之心,讨到了季老的文气,领悟了饶公"迁想妙得"的要诀。

2021—12—22

谈心

15 双林会记趣

她们的文章,不是靠华辞丽藻,不是靠寻章摘句,而是靠她们人格的魅力,下笔才分外动人。

· 2016年白金双林会 （林青霞提供）

她们终于见面了！2016年1月7日，在香港大学的礼堂上。她，依然人淡如菊，优雅娴静，身处各位名家之中，准备一会儿上台去演讲；她，悉心妆容，身披红绿相间的外套（每次要去见什么心仪的前辈，她总会穿上讨喜的颜色），一到场，就让众人簇拥着坐在贵宾席上。

一个是名闻遐迩的大才女，一个是无人不知的大美女，两位姓"林"的佳人，都来自台湾，曾经有一段时间在宝岛上共度，尽管有相同的友人，尽管有可能的场合，然而她俩却从未在任何地方会晤偶遇过。

早在2015年底，我就知道林文月即将来港的消息。自从1985年结识之后，由于性情相投，学术兴趣相近，我们成为时相过从的好友。其间文月莅临香港不少次，十之八九都是应我的邀请而来，包括参加香港中文大学和香港翻译学会的种种活动。这次倒是例外，台湾目宿媒体的《他们在岛屿写作》要来港宣传，她跟其他名家如白先勇等应邀前来，其中一场座谈会就在香港大学展开。

得知林文月来港的消息，青霞央我替她从中安排，务必要约对方会晤，以便向这位闻名已久的大才女当面求教写作之道，最好是请到家里来，可以在舒适安闲的环境中慢慢聊天。然而事实似乎比想象复杂些，一来目宿的行程不定，每天都在变化中，叫人难以适从；二来文月性情内向，她尽可以在课室里殷殷执教，在讲台上侃侃而谈，但是私底下除了相熟的朋友，却是近乎讷言腼腆的。她曾经说过："我自己原本也是不擅长言辞的人，与陌生人见面，也常是拙于攀谈。"（见《怕羞的学者》）因此，要她在繁忙的日程里，抽出时间来，结识一个素未谋面的朋友，不知道是不是强人所难？幸亏尚有白先勇同行，这么多熟人在旁，届时的双林会，想来应该不会太多冷场吧？

座谈会当晚，原本青霞安排了邀请林、白二人到她家里去共进晚餐，后来得知演讲的时间会拖得很长，唯有改为宵夜。座谈会后听众反应热烈，书迷团团包围著名作家索求签名合照，场面似乎有点失控，我们几经忙乱，方能杀出重围，把文月母女和白先勇请到了青霞的七人车上,向着她的半山书房疾驰而去。

青霞的半山书房环境清幽,专门作为读书、写作和招待朋友之用,不久前才由好友张叔平装修完毕。她在文章里曾经提过,这里"视角范围内每一个角落都是艺术"。除了室内四壁所挂常玉、张大千、吕寿琨的名画,窗外璀璨夺目、一览无尽的维港夜景,满屋鲜花,那张在客厅里斜斜放置的贵妃椅,最引人遐思。早在装修之前,我们就在闲聊中对这个半山公寓动了不少念头。有一天,我说:"这里最适合开文化沙龙,客厅里一定得有张贵妃椅。"其实,我当时心里想的是多年前在卢浮宫里看到的一幅名画:《雷加米埃夫人》(*Portrait of Madame Recamier*)。这幅画是由擅长描摹拿破仑的名画家大卫(Jacques-Louis David)于1800年所绘。雷加米埃夫人是19世纪初法国一位著名的沙龙女主人,画中人身披纱裙,慵懒地侧躺在一张贵妃椅上,巧笑倩兮,美目盼兮,一见就令人难忘,难怪颠倒众生,座上著名宾客无数。青霞才貌出众,又热爱文学,由她来主持文艺沙龙,到时一众文人雅士围绕在贵妃椅旁,跟沙龙女主人畅论诗文,笑谈风月,岂不妙哉?半山书房装修完毕了,客厅中果然有这么一张椅子，斜斜放置在电视前，阳台旁。有趣的是，我曾经参加过多次半山书房的雅集，在此遇见过不少知名人士如赖声川、王安忆、潘耀明、董桥、白先勇、金耀基等，却从来不曾看见青霞好好利用过这张椅子，倒是听说有一回龙应台来了，一眼就瞄到有利位置，认为在这贵妃椅处演讲最有气势。唯一看到青霞利用贵妃椅的一次发生在最近，她可不是风情万种地斜靠其上，而是毕恭毕敬地站在椅后向好友献艺，努力把刚学不久的京剧《三家店》和《四郎探母》唱好。

双林会的那天晚上，青霞更闲不下来，自然无法顾及贵妃椅。贵客驾到，她热诚招呼，斟酒倒茶，忙得不亦乐乎。原本设想的晚宴，是请人到会，以鲍参翅肚飨客的，这下改为宵夜，就不得不临时换阵了。她搬出家里的拿手菜来招待客人。文月母女、白先勇、主人和我一共五人，团团围着圆桌坐下，一边吃一边聊。话匣子打开不久，青霞一面指着我，一面突然问文月："她为什么老说你很害羞？你现在还害不害羞？"文月羞怯地抿嘴一笑，没有回答，反而把问题抛给了白先勇，"那你害不害羞呢？"白先勇接口说，他中学时代也是很怕羞的，常常木讷寡言，这可是令人意料不到的。这边厢，我因为猝不及防，弄得很不好意思，赶紧喃喃解释道:"我是说文月很低调呀!""哪里,你明明是说害羞嘛!"调皮的青霞在一旁偏偏要加上一句来捉弄人。林文月可毫不在意,青霞则坦承自己其实也生性害羞,之所以爱演戏,是因为在戏中可以幻化为各种各样不同的角色,不是在演自己。这一下,各人抒发己见,饭桌上原先略为拘谨的气氛马上放松了,大家开始畅所欲言,无拘无束起来。说着聊着,青霞又吩咐用人煮面、煮饺子、煮汤圆,吃完一道又一道,还搬出楼上邻居那里弄到的南瓜子来嗑,那光景,就恍如我们小时候在台湾住眷村或大杂院时的感觉,邻里相亲,和睦共处,在公用的空地上,这家搬出一道红豆汤,那家搬出一个大西瓜,大家围着共享,闲话家常,不是什么山珍海味,却饱含了窝心的暖意,渗透了脉脉的温情。

　　林青霞和林文月,一个是生于台湾原籍山东的北地佳人;一个是生于上海原籍台湾的南国女儿,一位清丽脱俗,风姿飒爽;一位温婉含蓄,娴雅雍容,两者都美而有才,最难得的是她们都有一颗善良的心。有一回,文月来访,我带她上香港山顶游览,她眺望着山下密密麻麻的建筑群,忽然幽幽喟叹:"身上压着这么多房屋,土地好累啊!"另一回,青霞府邸遭受狗仔队骚扰航拍,影迷团爱林泉替她不值,她却

·作者与林文月合影 （作者提供）

不以为意说："狗仔队也得吃饭啊！"原来这两位佳人同样慈悲为怀，对世间万物都充满了大爱。她们的文章，不是靠华辞丽藻，不是靠寻章摘句，而是靠她们人格的魅力，下笔才分外动人。记得在一篇文章里，文月提及她应邀赴约，到了一处学术机构的会客室，因为习惯早到，她在室内静候期间，看到墙上四壁挂满了先贤哲人的照片，有的挂歪了，有的蒙了尘，反正闲着，她就谦恭地去把照片扶正，抹去上面的灰尘；青霞在最近发表的《胆大包天》中写到，她在葛兰家中看到一些茶垫，上面全是五十年代大明星的头像，如张扬、乔宏、雷震、林翠、叶枫、尤敏等，"那美丽的脸蛋上点点水滴，像汗又像泪的我见犹怜"，于是，她赶快把这些印着前辈的茶垫擦干净放在一旁。乍一看，这两位蕙质兰心的林姓才女何其相像啊？难怪她们笔下的作品才如此让人触动心弦，经久难忘！

双林会终于在最最温馨舒坦的状态下落幕了。林文月说过："我用文字记下生活，事过境迁，日子过去了，文字留下来，文字不但记下我的生活，也丰富了我的生活。"（《八十自述》）这段话，林青霞不会忘记，她目前正在身体力行。

2022—1—3

谈心

16 白公子与《红楼梦》

林青霞与白先勇本来就相识,一个是文坛翘楚,一个是影坛红星,彼此遥遥欣赏,互相尊重。

·作者与林青霞、白先勇合影 （林青霞提供）

林青霞与白先勇本来就相识，一个是文坛翘楚，一个是影坛红星，彼此遥遥欣赏，互相尊重。许多年前，白先勇的小说《谪仙记》改编为电影《最后的贵族》，属意林青霞出演书中主角李彤。他认为这样一位"头角峥嵘、光芒四射的角色"，只有林青霞，才能展现出所需的"一身傲气、贵气"，而林青霞当时也怦然心动，跃然欲试。后来因为种种原因没有成事，对双方来说，都是一种萦绕心中挥之不去的遗憾。

　　白先勇曾经于20世纪80年代初见过林青霞，当时在白公子眼中，已然红透半边天的林美人看起来"有几分矜持，坐在那里，不多言语，一股冷艳逼人"；谁想到当年的青霞是因为害羞腼腆才讷于言辞，他哪里知道她一点不冷，还是个"温馨体贴的可人儿"呢？林青霞二十多年后再见白先勇时，心目中视对方为名闻遐迩的大作家，学贯中西，高不可攀，只可以仰望，不可以近观，她又哪里料到他原来是位古道热肠，最可亲可近，即之如沐春风的性情中人？一直到2007年，青霞在我游说之下，一起赴京观赏青春版《牡丹亭》的演出之后，他们两位才真正稔熟起来。

随后的几年，由于竭力弘扬昆曲的缘故，白先勇经常应邀莅临讲学，每次来港，我们三人都会争取机会见面。那时候在多次会晤中，白先勇常表示自己笔下的众多作品，如《玉卿嫂》《金大班的最后一夜》等都已经改编成戏剧或电影，唯独《永远的尹雪艳》从未被搬上舞台或银幕，而他确信能演活这位"遗世独立的冰雪美人"的最佳人选，非林青霞莫属；至于林青霞，思忖如要复出拍片，这尹雪艳，也是最天造地设的角色。记得当时话题一起，大家都兴奋得不得了，脑筋里不停打转，认为要拍摄《永远的尹雪艳》，张叔平是一定得出马助阵的；导演请谁最好呢？李安？他太忙了，恐怕没有空档，还有王家卫呀！对了，就是王家卫，白先勇欣然认同。我们乐了好一阵，似乎觉得此事已水到渠成，十拿九稳了，后来不知道谁去联系了王家卫，方得知他当时正忙于筹拍《一代宗师》，反而有意邀请青霞重出江湖，接拍此戏要角。此外，就算要改编白氏名作，王大导似乎对尹雪艳反应一般，倒是对《游园惊梦》更为欣赏。

《游园惊梦》是白先勇历来最费神创作的小说，前后大改五遍，耗时半年，最后采取了意识流的手法，才终于完稿，因此，他也对这个作品情有独钟，当下提出不如改拍《游园惊梦》吧！我们都同意由青霞饰演钱夫人一角，亦必定会风姿嫣然、熠熠生辉的。可惜的是，当时的青霞仍未正式接触传统戏剧，连京剧都没开始学，更别说昆曲了，因此，对钱夫人一角，兴趣不大。于是，林青霞与白先勇在影坛文坛上双剑合璧焕发异彩的梦想，又一次落空了。

白先勇是永远停不下来的，他在21世纪所做的工作，成就惊人！除了昆曲，他于2012年出版了《父亲与民国：白崇禧将军身影集》，2014年出版《关键十六天：白崇禧将军与二二八》。每次出版新书，他必定会赠送青霞和我一人一套，而每次来港推广新作，青霞必定会设宴招待，以便跟作家就近交谈。为了不白白浪费学习的良机，我们当然会事先详细研读，好好做功课的，有一次，我们就跟白先勇足足聊了七个小时。

2014年起，白老师在台湾大学开设《红楼梦》导读通识课程，把毕生对这部经典名著努力钻研的心得，倾囊相授。

这下，可是大好机会来临了，好学不倦的现代怡红公子林青霞，又岂能错过呢？那年12月1日，我们相约前往台大去听白先勇讲《红楼梦》，记得当天气温骤降，天色阴沉，但是完全不减我们一行人的兴致，车子进入台大校园，青霞对同行的女儿说："你看，这就是你妈妈当年考不上的大学。"当时我心想，幸亏如此，否则，影坛可就少了这颗瞩目的天皇巨星啊！

那天，白先勇课上教的是六十六到六十八回红楼二尤的片段，讲来淋漓尽致，精彩绝伦，一连三个钟头而面不改容，青霞一面听一面做笔记，课后邀请白先勇一起到七星级的文华酒店法国餐馆去同进晚餐，席间还跟教授继续讨论课题内容，她曾经说，"我最喜欢上课了"，看来一点不假。

2016年，白老师出版了《白先勇细说红楼梦》这套洋洋一千零四十页共分三册的大书，立即赠送我们各人一套。白先勇讲红楼，完全是以一个伟大小说家评论一部伟大经典的角度来谈的，他是曹雪芹的知音，两者隔空隔代心灵互通，精神契合。正如白先勇的老师叶嘉莹教授所说："《红楼梦》是一大奇书，而此书之能得白先勇先生取而悦之，则是一大奇遇。"然而更为难得的是，这奇遇的主人却认为"从电影、电视、各类戏剧中，真还看过不少男男女女的贾宝玉，怎么比来比去，还是林青霞的贾宝玉最接近《红楼梦》里的神瑛侍者怡红公子"。白先勇认为宝玉身上有股灵气，青霞身上也有股谪仙之气，所以，不必刻意去演，也就自然神似了！因此，白先勇与林青霞的确是惺惺相惜的。

2017年，白先勇出任香港中文大学博文讲座教授，3月27日，幸逢香港中文大学善衡书院庆祝成立十周年，白教授应邀来港主讲《红楼梦》，由我担任主持。这样的讲座，青霞当然不会错过。这一次红书与白说的结合，更促使我们对《红楼梦》兴趣倍增了。于是，我们展开了日日夜夜说"红楼"的历程：我们把两千多页的"程乙本"，一千多页的《白先勇细说红楼梦》并列在案头，一心一意专注在这本无数学人作者尊奉为"文学圣经"的奇书上，一有空，就互相参照、翻阅起来。

青霞每看到一处有趣的情节，就要来电聊聊，有时是午夜，有时是清晨。那一回，她于清晨七点在电话中说："原来《红楼梦》里贾府给贴士（小账）给那么多啊！光给贴士就可以给穷了！"她说的是第五十三、五十四回中，荣国府元宵开夜宴，贾母赏赐戏班，"豁啷啷"满台撒钱的情节。接着又喃喃自语："那我以后给贴士可要给双倍啊！"我曾亲眼见

· 2017年，作者主持白先勇在善衡书院讲《红楼梦》（作者提供）

过她于旧历新年时,在日本饭店给四五十个认识或不认识的侍者团团围住,索取新年利是的光景,当时她不也是出手豪爽,跟贾母的气派不相上下吗?那一阵,我们日也红楼,夜也红楼,一打开话匣子,三句不离《红楼梦》。青霞的记性特别好,于是她在日后的寻常闲谈里,往往会突然蹦出一句绝妙精句,你若夸奖一下,一时又想不起出自何典,这时她就会得意地大笑:"这是《红楼梦》里说的呀!"

2020年初,青霞一家去澳洲农场暂住,她带了好几箱书,最要紧的就是《白先勇细说红楼梦》,在遥远的彼邦,她又把这部大书从头细看一遍,从而悟出了许多写作的要诀,使自己"茅塞顿开、文思泉涌",那些脍炙人口的佳作,如《高跟鞋与平底鞋》《闺密》《知音》等等,就是因为白公子与《红楼梦》赐予的灵感,才下笔畅顺,源源而出。

2022—1—9

谈心

17 高桌晚宴与荣誉院士

青霞曾经以为自己不善言辞,不愿意做公开演讲,经过这次高桌晚宴,终于使她重拾信心,再无顾忌。

· 2018年，作者与林青霞合影于香港中文大学善衡书院 （善衡书院提供）

2017年3月29日,香港中文大学善衡书院举行十周年High Table Dinner(高桌晚宴),邀请白先勇主讲"我的生平——从文学到文化",我问青霞有没有兴趣参加。

"什么是High Table Dinner?"青霞好奇地问,面对着不是学苑中人的她,我不想太啰唆,只说了一句:"去学院跟全院师生一起吃饭、听演讲,就像'Harry Potter'(哈利·波特)电影里演的一样。"青霞一听,马上兴致勃勃。可不是吗?白先勇加Harry Potter,谁拒绝得了?

高桌晚宴,源自中世纪英国高等学府牛津和剑桥,当年的学生都是出自名门的世家子弟,因此,在用晚餐时师生共叙,并由学院院长主理其事,学生都得披上正式学袍,派头十足,这种传统,沿袭至今,是为不少名校的特色。

当天,不仅仅是演讲,也是白先勇荣膺善衡书院荣誉院士的大日子。我们到达后,先在会议厅里跟白先勇见面,向他道贺,然后分别披上书院学袍(青霞穿上来客袍,我已然是善衡荣誉院士,于是披上院士袍),在大堂门口合影之后,就进入会场。青霞环顾四周,发现偌大的礼堂,坐满了穿上学袍的大学生,我们在靠近讲台的餐桌坐下,长桌上已经有其他贵宾在座了。不久,乐声悠扬,全体起立,辛世文院长亲自带领主讲嘉宾和书院要员一行人徐徐步入礼堂,踏上讲台,走到高桌前。接着,院长拿起桌上的木槌,锤击三次,宣告晚宴正式开始。青霞是见惯大场面的,然而看到这样庄严肃穆与众不同的学苑风光,仍觉得既新奇又有趣。

当晚的演讲,精彩感人,在演讲后的问答环节,有学生向白先勇提问:"文学,到底有什么用?"记得那学生似乎是读医科的,非常醒目,问题有点尖锐,带点挑衅,白先勇的答案却出乎意外。他平静地说:"文学是没有用的!"然后接着解释,从世俗的观点来看,文学并没有什么实用价值。的确,文学不能吃、不能喝、不能穿、不能戴,对于解决民生问题或改进物质享受,似乎一无用处。然而,这世界如果只有数据、只有公式、只有规条、只有理论,又会变成什么模样?文学其实是抒发感情、探究内心、反映真相、启迪性灵的最佳途径。正如白先勇曾经解答法国《解放报》的提问——他为何写作?"我希望把人类心灵中无言的痛楚转化为文字。"

当晚的高桌晚宴结束了,然而睿智的话语、热烈的气氛,仍然在心中回荡,一切都让青霞留下了深刻的印象,也直接促成了一年后,她欣然答应善衡书院的邀请,出任荣誉院士的盛举。

善衡书院的辛世文院长乃国际知名的科学家,曾经跟现代神农袁隆平博士携手合作,从事杂交水稻的研究,贡献良多。辛院长对青霞多年来推广电影艺术的杰出成就非常欣赏,诚邀她出任善衡书院的荣誉院士,高桌晚宴与颁授仪式定于2018年3月21日进行。那天青霞特地穿上一件端庄的黑色长衣,胸前佩戴着一朵硕大的白色襟花,看来黑白分明,典雅雍容,一把长发,梳起了马尾,披上黑底黄边的院士袍后,更显得神采奕奕,容光焕发。我们到达后,青霞首先接受书院专访,她跟采访者娓娓而谈,知无不言,言无不尽,把学生时代、从影经过、创作过程一一道来,令人深深感受到她的坦率和真诚。

典礼依时开始,这次,我们一行人,包括贵宾王安忆、

·2018年，林青霞荣获善衡书院荣誉院士，与作者合影（善衡书院提供）

潘耀明等跟随院长一起步上讲台，又一次在乐声悠扬中，重温了一年前高桌晚宴庄严肃穆的程序。

当晚，青霞以《实现不敢想的梦想》为题，向善衡书院全院师生发表演讲。我坐在台上，向下俯视，发现整个大厅密密麻麻，坐满了五百多位披上学袍的学生，看到传奇人物林青霞竟然莅临来现身说法，大家都全神贯注，目不转睛盯着台上端详。

青霞一开始，就直截了当进入主题，告诉台下的年轻人说，她自幼就喜欢看电影，对电影世界充满了好奇，但是从来也不敢梦想有朝一日，自己会踏入这个色彩缤纷的圈子，直至有一天，在街上让星探发掘，才梦想成真。她坦承"拍戏绝对不是件轻松的事，得上山、下海、挨冻、挨热、挨夜，有时候还会拍些危险的镜头，但我乐此不疲，再苦也不怕"。接着，她开始细数从影以来，拍摄多部经典作品的惊险事件，如拍《龙门客栈》时受到竹剑刺眼，拍《警察故事》时，给武术指导扛起甩进柜里，腿部瘀伤，等等，她说得绘声绘影，学生听得屏息凝神。一眼望去，从来没有看到年轻人听演讲听得这么投入专注过。讲者说到动容处，观众席里还不时爆出如雷的笑声和掌声。

·2018年善衡书院高桌晚宴 （善衡书院提供）

此时的我，不由得在心中暗忖，青霞当年考不上大学，曾经自以为将来的出路，不是当秘书，就是当空姐，谁料到一个十七岁怯生生的小女孩，居然会拍起电影来，而一登银幕，又竟然会凭借《窗外》一角，一夜爆红？此后叱咤影坛廿二年，息影至今，盛誉不衰，这一切，到底纯然是由于命运眷顾，还是其他因素使然？

青霞曾经告诉过我，当年，她家住台北县三重市时，有一天在家门口，看到远处三三两两的邻居大娘背着装棉袄的大布袋走来，她们刚摆完地摊，一路开心地有说有笑，使幼年的她留下深刻的印象，心想怎么摆地摊也可以这么快乐？后来拍摄《窗外》时搬到台北市，生活条件较好了，想到将来也许成名了，自己又会变得如何？会好高骛远吗？会得意忘形吗？这时，忽然有所感悟，不会的，只要能够保持平常心，把自己放在最开始、最原来的本位，始终不忘初衷，那么，就算将来星运有高有低，机遇有起有落，就算有一天，一切重回到起点，又有何妨？这样磊落坦荡的心态，使她经历了生命中大大小小的坎儿，永远处变不惊，永远泰然自若。当年那些摆地摊妇女自力更生的形象，也就因而留存在她内心深处，让她历久不忘。

这时，讲完了从影的故事，青霞对着满堂年轻学子语重心长地说："你要有梦想，宇宙会接收到你的讯息，有时候连你不敢想的梦想都有可能会实现。"她又接着鼓励大家："每一个人都有属于自己天赋的本领和魅力，你要发掘出来并善以利用。"回首一望，我看到台下靠右边上那位修读宗教研究的男学生，由于患了脊髓肌肉萎缩症，全身自颈部以下不能动弹，所以一直卡在轮椅中专心聆听。这会儿，他忽然双眼发亮，嘴角上扬！"同学们，要有梦想，要发觉自己的特长，要勇往直前将它发扬光大，最后胜利必定是属于你的。"演讲完毕，青霞步下讲台，特地走到那位男孩子的身边，搂着他在他脸上怜惜地亲了一下。此时，她的由衷之言，过来人语，仍在大礼堂的空气中悠悠流转，袅袅进入众多年轻学子的心坎。

这次演讲，极为成功，青霞曾经以为自己不善言辞，不愿意做公开演讲，经过这次高桌晚宴，终于使她重拾信心，再无顾忌。

2022—1—14

18 「三部曲」的故事

经历了十八年漫长的岁月,共出版了三部著作,对一个专业的作家来说,并不算多产丰收;然而以一个曾经叱咤影坛而从未涉足文坛的新手来说,却是一项令人惊喜的成绩。

林青霞在书房（林青霞媒供 SWK社 邓永杰摄影）

林青霞自2004年发表第一篇文章至今,十八年来完成了三部作品:《窗里窗外》(2011)、《云去云来》(2014)、《镜前镜后》(2020),是为"林氏三部曲"。

经历了十八年漫长的岁月,共出版了三部著作,对一个专业的作家来说,并不算多产丰收;然而以一个曾经叱咤影坛而从未涉足文坛的新手来说,却是一项令人惊喜的成绩。这十八年来,眼看着她从红毯转换跑道,跨进绿茵;眼看着她从一个初出茅庐怯生生的状态,到挥洒自如信心满满的今天,我确实是全程伴随着她,见证她如何一步一个脚印,从乡间小径走到这条康庄大道上来的。

很多年前,有一次,我们相约去又一城逛街。记得那天,我很想去书店看看有没有《红楼梦》的英译本,以便介绍给这位现世怡红公子。于是我们走进商场的 Page One 书店去

·林青霞三部曲 （林青霞提供）

浏览，我指着当眼处一排书架跟青霞说："有一天，你的书也会放在这架上。"当时她笑得很灿烂，说这是连想也不敢想的美梦。接着，我们到另一层楼的咖啡座去喝茶，找了个靠窗的位置坐下，望着窗外风中轻摇的绿树，午后的阳光斜斜射入，舒适而慵懒，两人有一搭没一搭闲聊着，心底隐隐然做着遥远的梦。

那时候，青霞还没有发表多少作品，从 2004 年到 2006 年，她初试啼声一共写了五篇文章，当时，她是在稿纸上写作的，文章上涂涂改改，纸页边添添加加，最能显示出原始构思的状态。她写完了初稿就传过来，往往在清晨六七点我睡梦初醒而她将睡未睡的时刻，那是一段我们在传真机上频频往返的日子。接着，她进入准高科技时代，文章写好了，叫秘书打入电脑，然后通过电邮，再传给朋友。不管如何，这段时期，她还是很努力地在纸上写稿。她曾经说过："我喜欢一个字一个字地写在稿纸上，写不好就把稿纸搓成一团往地上丢，丢得满地一球一球的，感觉就像以前电影里的穷作家，很有戏。"到底不愧是影坛中人，这段话，极为传神，"很有戏"寥寥三个字，就把自己既是剧中人，又是局外人的双重身份，刻画得玲珑剔透了。

到了 2010 年，青霞终于开始用电脑了，《仙人》是她第一篇真正用电脑写作的文章。以前她被好友施南生劝勉要学习电脑，却迟迟没有反应，这会儿她自觉"我这块生铁给敲得当当响"，终于痛下决心付诸行动了。用了电脑，传了电邮，好像跟世界接上了轨，可惜因而再也看不到她的手稿了。我问她，以前那些布满斑斑心血的手稿呢？"都撕了！"

她说。为什么撕了？"因为写得不够好。"完美主义的作家，不想留下一丝一毫不完美，于是，笔耕园圃上一道道翻土犁田的痕迹，也就因此隐而不见了。从此，唯有在好友的电脑上，还留下一稿、二稿、三稿，甚至十几稿不断修改如长蛇阵般的电邮，足以反映出她在写作过程中，那不厌其烦的辛勤和锲而不舍的努力。

盘点起来，青霞是自从 2007 年底发表了《完美的手》之后，才文思涌现、创意勃发的，看来，她真正讨到了季老的文气。2008 年是她的丰收年，她一共发表了十九篇文章，比前几年翻了好几倍，到了 2011 年初，加起来已有四十五篇，虽然文章篇幅较短，但也足以结集出书了。

新书如何命名？青霞原本是为人取名的高手，轮到自己时，因求好心切，就显得举棋不定了。各方友好的建议，多不胜数，有长有短，有古典的，有新潮的，叫她难以取舍。琢磨了两年有余，她终于在最后一刻决定采用我所提议的《窗里窗外》。青霞早年因拍摄处女作《窗外》，一夜成名，随即奔波窗外廿二载，在影坛留下辉煌傲人的业绩；此后息影，归隐窗里，十余年来与家人的亲情、与朋友的交往、生活中的感悟与乐趣等，总括起来，这一切以"窗里窗外"四字来涵盖的确也算恰当。

在这第一本文集里,除了前文提及的那些作品,还有好几篇文章令我印象特别深刻。第一辑《戏》里,说的都是她当年从影时的事迹,她是说故事高手,几乎所有内容在创作前,我都听她亲口活灵活现地描述过,但是,读她的文章时仍让我有惊喜。《东方不败》是她转型武侠片的代表作,影响深远,自此影迷多年来对她一直以教主相称,难得当事人在《甘苦谈》中,居然自嘲"银幕上的我神勇威武,银幕下的我灰头土脸",那生动诙谐的文字,配上眼神锐利、气势凌人的剧照,真是绝了!第二辑《亲》里,《家乡》一文,说的是作者返回老家,在济南的一条陋巷里,看到了一个山东老大娘的故事。其中一段青霞与大娘用山东话的对白,网上流传过一段视频,让人看得嘻哈绝倒,又触动心弦。最难忘的是青霞说到老人不信大明星突然降临,挂着拐杖戴上老花眼镜来端详,"我把脸凑上去让她看仔细",好让她像鉴定珠宝似的,这是何等妥帖周到的心思啊!前不久,读到潘耀明著《这情感仍会在你心中流动》一书,里面提到新凤霞初见齐白石时,老人为她的夺人风采所吸引,目不转睛地盯着她瞧,新凤霞不但不以为忤,还大方地走到老画家面前说："我是唱戏的，就是叫人看的。您只管看吧。"难怪老人不但收她为干女儿，还乐意收之为徒，把毕生绝活倾囊相授了。原来，人美心善的今昔佳人，行事举措如出一辙呢！第四辑《一秒钟的交会》，篇幅虽短，却最有情趣。内容说的是青霞参加一次文化之旅，在半途车停路口的一幅街头即景。车上的旅人因无聊探目车外，路边小屋里的孩子因寂寞眺望窗外，刹那间这一大一小四目交投了——在细雨霏霏中，在寂静无声中！多么富有电影感的一幕！名作家王蒙曾经点名赞许过这篇文章，青霞和我也曾经为了这篇创作于2010年的小品而浮想联翩。记得在2011年初的某一天，我俩在闲聊，青霞说几天前去北京，遇到画家李松松，看到他的作品，认为他年轻而有才华，风度翩翩，做事也很得体。我说："那你为什么不把《一秒钟的交会》电影里的男主角由数学家改变为画家呢？"我们说的是前些日子里天马行空合编的情节，原来当时我们曾经幻想过把那文章首先改写成一篇小说，再改编为一个穿梭剧，让戏里的小男孩长大后变成一个数学家，在某时某刻邂逅儿时曾经四目交投过的名作家，之后的发展如梦如幻，就像《时光倒流七十年》那出脍炙人口的浪漫爱情片一般。第六辑《小花》中，作者感叹"巨石历经了千年沧桑，依然能开出美丽的花朵"，人世间的一切磨难、一切考验，又算得了什么？这也是我们在这十八年来一起走过的历程中所秉持的信念和启悟。

第二本书《云去云来》于2014年出版，收集了三年以来她所创作的二十四篇文章。虽然这次一切都已有规模，出版社依旧不变，张叔平的设计依然出色，但青霞是最不喜墨守成规的，想方设法要在这第二本作品中推陈出新。在这本书里，她制作了一个CD，朗读了五篇重要的文章，其中《不丹，虎穴寺》就是她的代序。在这篇文章里，作者借用宋词《听雨》，以"少年听雨歌楼上""壮年听雨客舟中""而今听雨僧庐下"来描述自己经历少年、盛年、中年的三个人生阶段。曾经大红大紫，如日中天，如今云淡风轻，心境平和，"能够看本好书，与朋友交换写作心得，已然满足"。这意境，确是恬淡旷达。文集赶在青霞六十华诞前出版，成为寿宴中酬客的最佳礼物。一本设计优雅的作品，放置在每一位来客面前的大红口袋中，显得喜气洋洋，才气横溢的主人周旋在众友之间，笑得像朵绽放的花，有什么比自己的心血结晶再次面世更令人欣悦？

第三本著作《镜前镜后》是酝酿久而成书快的作品。2015年，青霞参加了湖南卫视推出的《偶像来了》真人秀，全副精神投放在摄制的状态下，写作的事自然暂且无暇兼顾了。此后的几年，她偶尔动笔，断断续续发表了一些文章，直至2020年全球新冠肺炎肆虐，青霞在避疫期间，埋首读书，潜心用功，创作力才再次爆发，在文学的长途中攀登了另一个高峰。2020年初，青霞前往国外农场小住，行囊中不忘带上大量书籍，此时的她，已经从早年家中四壁无字的状态，进化到日日无书不欢的境地了。她在宁静安逸的环境中，蓝天碧云下、绿树池塘边，把白先勇的大书《细说红楼梦》又悉心从头细读一遍，吸收其中饱含的养分，从而领悟了文学作品中，如何剪裁铺垫、叙事绘人的妙诀，好评如潮的《高跟鞋与平底鞋》一文，就是当时的产物。那段日子，我们虽然远隔千里，但是天天音讯不断，我催促她乘胜追击，干脆多写几篇，向着那年生日前出版第三本书的目标进发吧！她说，哪里可能，催多了，她倒给我安了一个"软鞭"的名堂。五月，青霞返港，我继续催，她继续写，结果，一篇篇分量十足、内容丰富的作品，居然真给催生出来了，包括广为传颂的《男版林青霞》《闺密》以及《走近张爱玲》等文章。

那年她一共完成了九篇闪耀生辉的佳作，于是，《镜前镜后》一书，如期在 2020 年 11 月出版，成为"林氏三部曲"中的巅峰之作，而文化圈中林青霞作家的身份，也就从此奠定不移。

2022－1－25

谈心

19 七分书话加三分闲聊

说起来你也许不信,我们的交谈,仔细想想,起码有七分跟书籍写作或文化圈有关,剩下那三分,才用来闲聊,譬如说说有关家庭子女、衣着打扮、日常见闻等话题。

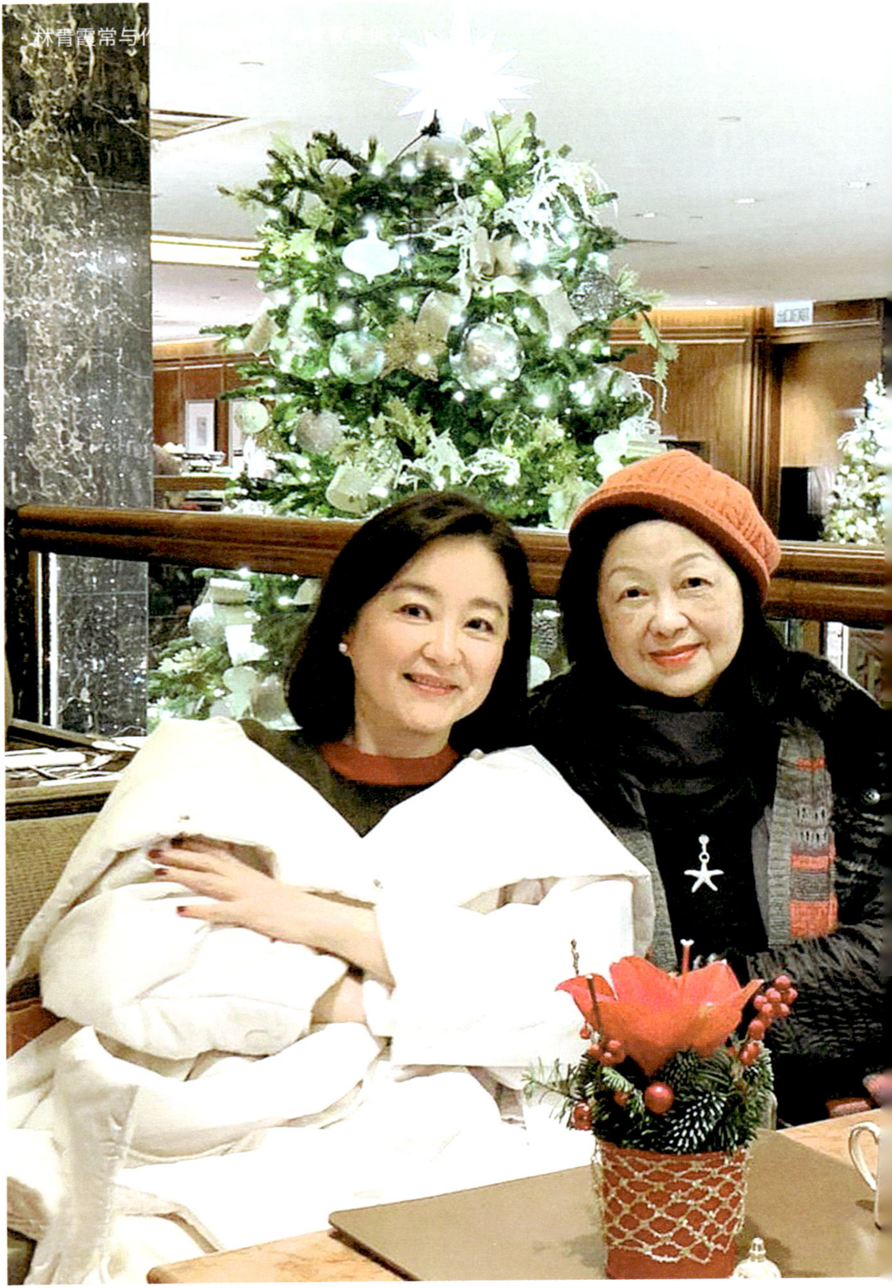

林青霞常与

旁人往往不解，常问我："你跟林青霞经常见面或沟通，你们哪来这么多话可聊呀？"不错，这十八年来，我们的确经常聊天——见面聊、电话聊、在手机上聊，至于到底在聊些什么？说起来你也许不信，我们的交谈，仔细想想，起码有七分跟书籍写作或文化圈有关，剩下那三分，才用来闲聊，譬如说说有关家庭子女、衣着打扮、日常见闻等话题。

由于生活习惯不同，她是夜猫，我是早鸟，因此最初我们得互相适应，找出一个最恰当的时候来交流。青霞开始创作的阶段，时常半夜写稿，清晨完成，然后迫不及待地传过来，等我看完后通电话。她就像个小女孩等考试发榜似的巴巴盼望着，一待我看完，说"文章很不错啊"，她就会兴奋得呼叫一声"感谢赞美主！"嗓音悦耳清脆，开心得像要渗出蜜糖来,她高兴我也高兴。接着她就会安心去睡觉,我则开始一天如常的生活起居,我们之间的这个习惯,至今未改。

除此之外,我们也常会在晚上十一点多聊天,一聊就聊到凌晨过后。最初,她在报上阅读了邵绡红写她父亲邵洵美的故事,就对这位相貌肖似徐志摩的才子大感兴趣。于是,我们的话题就绕着邵洵美和早年留学巴黎的那一群才子学人转呀转,什么跟徐悲鸿、张道藩共组的"天狗会"呀,跟项美丽的异国情缘啊,跟常玉一起在灰色老屋里对着高台裸女写生,等等,说得来劲了,好像自己也穿梭到那个遥远浪漫的时代。结果,有一天她在拍卖行看到了一幅常玉的裸女小画,立刻买下,心里想着,这女子,是否当年邵洵美在巴黎那些静静的午后曾经素描过的同一人?

不久,我们又一起研读起唐德刚的《晚清七十年》来。很少看历史书看得这么津津有味,除了正史,还知道了不少逸闻趣事。青霞发现,原来武昌起义时,孙中山先生还在美国科罗拉多州丹佛市的中餐馆端盘子呢!又一天,她看了卡夫卡的作品,很有感悟地告诉我:"卡夫卡一定有抑郁症,不然,他不会写出像《变形记》这样的小说来,他的种种想法，我都可以体会！"接着，她又开始读哥伦比亚作家加西亚·马尔克斯的《百年孤独》，这本书不容易进入情况，我问她在看哪个译本，结果她看了两个不同的版本。她说："以前看书，从来不会注意到译者是谁，原来，不同的译者，读起来大有分别啊！"这以后，我们讨论共赏的书籍，她一定会先看看译者的姓名，并予以应有的尊重和肯定。

过了一阵，青霞除了村上春树，又迷上了另一位日本作家太宰治，她最欣赏作者剖析内心、反省自身，不断向深处挖掘的本领，他的小说，有一种赤裸裸暴露人性的特质，读之让人震撼。以前，青霞只喜欢看一些真人真事的文章，以为小说的内容子虚乌有，不足为训，这时候，她涉猎了大量名家作品，开始醒悟到小说里的情节的确能够反映真实世界，只是更尖锐、更浓缩，因而更加引人入胜。

其实，认识十年后，青霞的阅读兴趣已经与以前大不相同了。记得她在2013年时，开始接触木心的《文学回忆录》，从书中知道了卡夫卡，我当时曾经告诉她，木心的书是很好的导读，可以快读一遍，有兴趣的地方，再去找专书深入研究。2014年4月某一天，青霞说，那些肤浅的八卦杂志，她再也看不下去了，只喜欢阅读高端的文化刊物。这以后她不断发掘新的书源，以前，都是别人买了书推荐给她欣赏的，这时，反而是她去买大批的书分赠好友了。

在交往的那些年，我们除了相谈会晤，还出席了彼此的新书发布会。青霞原本不喜人多热闹的场合，但是，我的三本新书《荣誉的造象》(2005)、《有缘。友缘》(2010)、《树有千千花》(2016)出版发布时，她都出席参加，全力支持。她的新书发布会：《窗里窗外》(2011)、《云去云来》(2014)，我也自然不能错过。此外，我们还参加了彼此的荣誉院士颁授典礼，只要是有意义的学术文化活动，我们必然互相勉励，携手共度。

2017年那一阵子，除了毛姆、海明威、杜拉斯，我们也常聊起俄国作家契诃夫，青霞很想找一些他的戏剧来看。恰好那时译林前社长李景端应香港中文大学之邀，从南京来港参加第六届"全球华文青年文学奖"颁奖典礼，青霞邀请他到她的半山书房吃饭会晤。李社长问我要带什么礼物，于是我告诉他，没有什么比带上契诃夫的作品更受欢迎的了。李景端记挂在心，把他珍藏的20世纪50年代李健吾翻译的

・2016年作者新书发布会,林青霞到贺(作者提供)

三种译本都捎来了。除此之外，他还为青霞写了一首"藏头诗"，诗曰："林鹏展翅始窗外／青峰翱翔耀影坛／霞光不熄心怡然／乐在书香墨韵中"，并命学习书法已有数载的十岁孙儿昊岳录写成幅，郑重赠送，让爱书爱诗爱毛笔字的女主人欣然接受。那天晚上，除了共聚叙旧，我们大部分的时间都在谈论书法写作和契诃夫，大家聊得开怀，宾主尽欢。第二天，青霞还发现，那几本契诃夫的老译本，有一本正巧是她出生的那年那月出版的呢！

2018年，上海导演徐俊来访，我请他们夫妇和青霞在上海总会餐叙。当晚，徐导演盛意拳拳，邀请我翻译英国诗人芬顿所撰的剧本《赵氏孤儿》为中文，并欲根据译本再创作为独一无二的音乐剧。当时我因为事务繁忙，不想接受，青霞在一旁竭力支持打气，她说："别推了，最多请你来我的半山书房里闭门苦译，我供应你一切支援。"看到青霞如此热心要促成此事，我最终答应跟台湾大学莎剧专家彭镜禧教授合作翻译此剧，我当然不敢真的到她的半山书房去叨扰。翻译完成后，《赵氏孤儿》音乐剧于2021年在内地盛大巡回演出，轰动一时。

新冠疫情严峻期间，我们不能时常见面，但是通话更勤了。米兰·昆德拉是我们两人共同喜欢的作者,青霞买了整套译本,我们交换着看,除了《生命中不能承受之轻》(另一译本称为《不能承受的生命之轻》),我们也非常欣赏他的《赋别曲》。当然,青霞更有兴趣的是张爱玲,她把这位"祖师奶奶"的作品从头至尾都仔细拜读了,还看了数不尽的相关参考数据,到了耳熟能详、倒背如流的地步。最有趣的是她谈诗论书的方式非常闲适洒脱,譬如,我每次跟她通电话讲昆德拉、杜拉斯或阎连科,已经讲了好几十分钟,说着说着,她会告诉我,她刚刚吃完六个饺子、一个茶叶蛋,原来她在一边吃一边聊,怎么一点也没有听到她的咀嚼声、吞咽声呢?难道是我的听觉退化到这个地步了吗?再不然,她又会说,刚才在做运动,一面倒吊,一面跟我说话。天哪!在头下脚上的状态中,她怎么还能讲张爱玲讲得这么起劲呢?一点也没有听到急促的喘息声啊!这干净利落、动作灵便的能耐,敢情是拍戏几十年训练出来的?

至于那三分闲聊,我们当然也会说说日常生活中的见闻,儿女之间的琐事。每次青霞要出席场面,买了新装,都会在手机上传过来,让我先睹为快,然而说着说着,话题又时常转到书本文章上去了。就像那次青霞跟家人出海遨游,在别人嬉戏作乐的时候,她一个人走到船舷上,对着茫茫大海,拿了屠格涅夫的《初恋》看将起来,然后,一通电话打过来,我问她海上风光可好?她却说:"屠格涅夫写的初恋,为什么这么虐心,我完全可以理解。"

2022-1-29

20 拼命三娘

如今再也没有什么可以难倒她了,流言惑不了她,谣传伤不到她,慵懒敌不过她,困顿挡不住她!我所认识的林青霞,的确是个胆大包天、百毒不侵的拼命三娘!

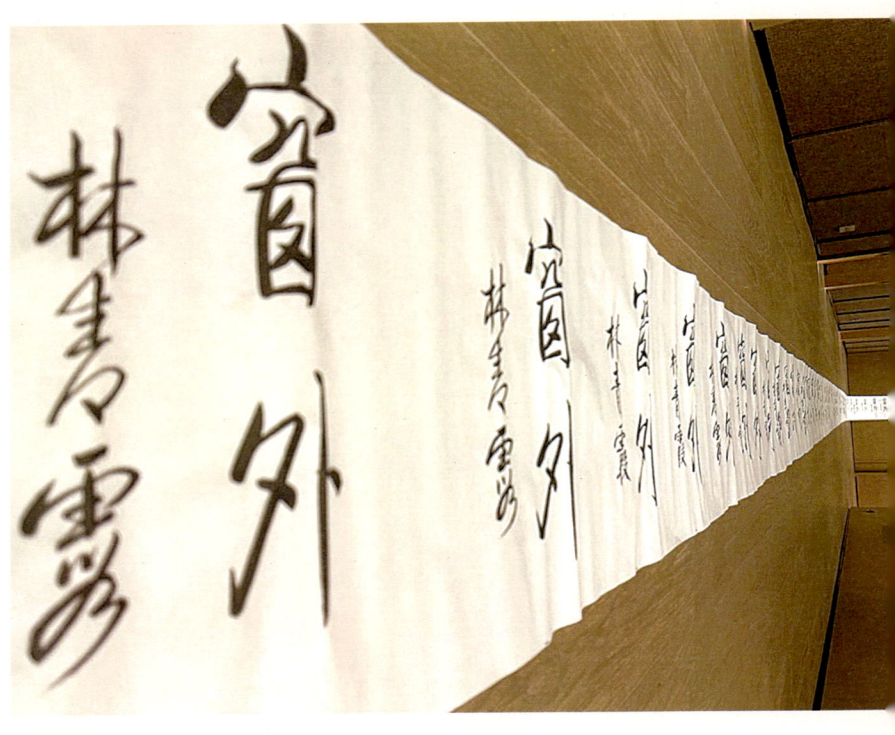

·林青霞写"窗外"两字的长蛇阵（林青霞提供）

坊间有"拼命三郎"的说法,却很少见人提及"拼命三娘",这"拼"字,跟女性娇媚柔弱的形象似乎沾不上边。有谁会相信,要描述起绝世美人林青霞的真性情时,第一个出现在我脑海里的词汇,居然就是这个"拼"字!

就在最近这几天,青霞告诉我,她终于拼完了那本约五十万字的大书《纯真博物馆》。《纯真博物馆》是土耳其诺贝尔文学奖得主帕慕克于2008年出版的力作。根据作者自述:"这是我最柔情的小说,是对众生显示出最大耐心与敬意的一部作品。"这本书评价很高,是公认的杰作,然而字小书厚,情节发展缓慢,不是一般读者消受得了的,偏偏好学不倦的爱书人林青霞就是不肯认输,非要在短短一周内把全书啃完才罢休。说起来,她的拼劲可不是一朝一夕的事。早在年轻时,一天轧几部戏,累得连站着也可以睡着的日子,已经让她练就了一身特异功能。只要是自己喜欢的事、看重的事，无论多难多磨人，她也必然会拼着命全力以赴。

青霞凡事认真执着，一丝不苟，也不怕吃苦。当年写那篇《牵手》时，只为了要写好发表文章时那标题上的"父亲"两个字，她就花了二十个钟头，写了不知多少遍才作罢；2020年，为了支持抗疫，她不但出钱出力，还付出真心，亲笔写下一封"致前线抗疫英雄"的信，练了起码上百次，花了整整三个晚上，耗完了四支签字笔。这一回，汪涵友人向她求墨宝，一共只求"窗外，林青霞"五个字，她却前后花了三个晚上，写了一遍又一遍，那幅墨迹斑斑的长条，铺在地上，从走廊一端伸展到另一端。

练书法还算事小，她要是写起文章来，那可真是废寝忘食。为了写好那篇《走近张爱玲》，她先狂吞了所有张爱玲的作品及参考资料，消化吸收了之后，再拼了十六七个钟头，才终于脱稿。脱稿后，她当然还不满意，还要请教各路英雄，广纳众人意见，再修修补补改了十几遍才最后定稿。文章要收录在"张爱玲百年诞辰纪念专辑"中，她笑言那是参加另类"作文比赛"，事非等闲，哪敢造次。

其实，青霞写任何文章，都是拼劲十足的。她创作时，经

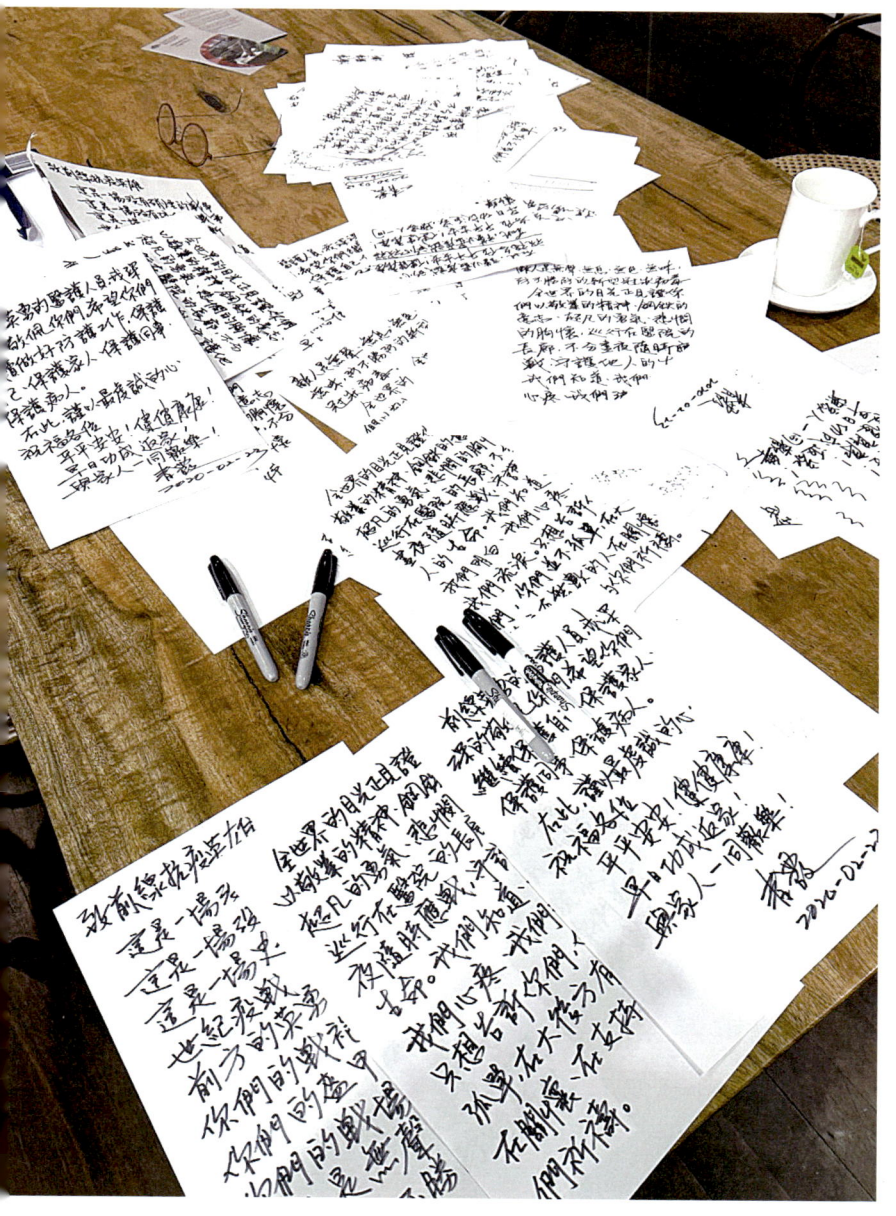

·林青霞写"致前线抗疫英雄"（林青霞提供）

常从午夜写到天亮，只要灵感一到，就忘乎所以，不知自己身在何处。刚开始写作不久，那次写《宠爱张国荣》，正在浸浴的她，忽然想起张国荣最后的笑容，灵感来了，就匆匆围上大毛巾，走到浴室里的梳妆台一角，站着写将起来，一口气把文章写完，才发觉天已大亮了。我曾经笑她："人说海明威在第一次世界大战时，身负重伤，为了减轻腿部痛苦，所以只好站着写作，你倒是跟海明威差不多。"她回答："岂止站着写作，很多时候我是站着看书的。"最近的一回，是站着看完白先勇寄来《台北人》出版五十周年精装典藏版中的《游园惊梦》和《孤恋花》。我问青霞干吗要站着看？她说："十几年前，白先勇提到可以由我主演《游园惊梦》时，我说了一句不喜欢，让空气凝住了几秒钟，那是因为我当时还不懂得欣赏，现在懂了，为了表示敬意和抱歉，所以要罚自己立正看完这篇。"

除了看书写作，青霞在生活的方方面面当然也是凡事都拼，一以贯之的，例如减肥。她是在2020年12月25日圣诞节那天开始实践的，问她为何要挑选这么一个日子，过年过节到处都是喜庆宴会，何不好好享受美食，过了年再说？她却说，一旦打定主意，没有任何事可以动摇她的决心。于是，她就在短短几个月内，节食加运动，如愿减了二十几磅。如今的她，动作敏捷，精神奕奕，这惊人的毅力，使我不由得赞叹一句："你可真会挑！凡是让身体长胖的，都不吃；凡是让脑袋长进的，都狂吃！"

有一回，我看到电视上放映一个节目《一百种生活》，说到日本文化和中国香港文化的差异，前者是认真，后者是快，忽然觉得我所认识的林青霞，倒是一个两者兼备，又快又认真的妙人。先说凡事认真，例如她跟朋友去看一场有关村上春树的电影，里头提到了契诃夫的剧本《万尼亚舅舅》，看完了电影她要跟朋友聊上四个钟头，回家以后，还得连夜把剧本找出来捧读一番才了事。她也极度欣赏认真做事的人，她曾经说过，一个人在专注做一件事的时候，最最让人心动。她告诉我，有一次，她在片场见到摄影师杜可风在镜头里看电影的回带，他的认真专注，就显得十分有魅力。记得林文月收到青霞赠书时，也曾经对她说过同样的话："一个人，在书房里很认真地用文字写下一些东西，就很动人。"看来，两大才女对生活的感悟，的确所见略同。

再说动作利索，凡事都快。记得每次跟青霞去半岛饮下午茶，她都喜欢点春卷，春卷来了，我还在跟刀叉纠缠不清，把春卷弄得皮破馅流、乱七八糟的时候，她已经不动声色地吃完了，正在对面一派优雅地坐着，笑眯眯地替我递茶递水，显得仪态万千。每晚通话的时候，她可比周伯通厉害得多，不但可以一心二用，还可以三用四用，嘴上跟我说着话，手上跟影迷团爱林泉在通信息，另外一只手传来一则电邮，接着问我传来的照片可好看。这许多动作同时进行，她却做来挥洒自如，干脆利落。

拼命三娘的另一特点，自然是天不怕地不怕，可以用"胆大包天"一语以概之。2021年9月24日晚，我在上海总会宴客，介绍香港中文大学前校长金耀基教授给青霞认识，青霞在当天晚上就表演刚学不久的京剧《三家店》给大家欣赏。金校长一向睿智幽默，当下对青霞赐予一句"胆大包天"的评语，令满堂哈哈大笑。青霞十分高兴，特请金校长惠赐墨宝"胆大包天"四字，并装裱挂墙，自此日日欣赏，并以此为题，写了一篇《胆大包天》的妙文，发表在2022年1月的《明报月刊》上。青霞这样说："曾经写过一篇文章《演回自己》，主要是说我演过一百部戏，最难演的角色是自己，最近突然发觉不难演了，因为接受了自己不是完美的人，不一定要做完美的事，只要能令到他人开心，自己偶尔出个小洋相也无所谓。"这就是目前豁达开朗的林青霞！不但如此，她也不怕难不怕痛！那一趟，我跟她一起去看眼科医生林顺潮，林医生替她检查，说手术后的右眼珠还有一些水肿，如要根治，就必须得在眼球上打一针，这可怪吓人的，谁知道当事人一听，神态自若毫无惧色，眉不皱，头一抬，只是问道："今天做？有没有时间去喝茶？"医生说晚上九点才有空做，可以去喝茶，青霞立马豪气地说："好！那就今天做！"说罢起身，拉着我出门而去，让旁边环伺的一众助理、护士吓呆了也笑歪了。结果，她带我去 Mandarin Hotel 喝了下午茶，再去 Gucci 看衣服，买了镶边的草帽，镶钻的太阳镜，又去 Harvey Nichols 买化妆品，足足逛到商铺九点半打烊，才施施然回到诊所去。走进门口，护士小姐一见青霞说："哟！换装了！"青霞高高兴兴指着头上的新帽子："刚买的！"手术完毕后，我跟她一起去搭电梯，她在前面走，一摇一晃恰似随风摆柳，我问她："怎么走得这么婀娜多姿，是在痛吗？""痛，也是一种体验啊！"她右眼贴着纱布，回头嫣然一笑。

不错，如今再也没有什么可以难倒她了，流言惑不了她，谣传伤不到她，慵懒敌不过她，困顿挡不住她！我所认识的林青霞，的确是个胆大包天、百毒不侵的拼命三娘！

2022—2—4

谈心

21 绿肥红不瘦

影坛的成就,历久弥新;文坛的发展,如日方中,这就是今时今日的林青霞,兹借用李清照《如梦令》一词中的名句,略改一字,作为总结——知否,知否,应是绿肥红不瘦!

·作者与林青霞合影（林青霞提供，SWKit 邓永杰摄影）

那天,青霞看完我写的《谈心》系列,她说:"你写人物很好。"我回答:"我写的人物很好。"中文真奇妙,加了一个"的"字,说的不是一回事。

《谈心》系列是写林青霞的,人物当然很好。然而,其实我并不算是真正在写她。我写的,是一个相知相交十八年的好友呈现在我眼里的形象,只不过是她千姿百态的一面而已。这世上,哪怕是一个普通人,走在长路迢迢的人生道上,遇见形形色色的同行者或对头人,都会显现出千变万化的不同面貌,更何况是兼具多重身份的传奇人物林青霞?她是影坛巨星、绝色美女、豪门阔太,如此多姿多彩,又怎么能够写得周全?因此,《谈心》系列所描绘的,是一个努力向上的人如何孜孜不倦、发愤图强的故事;所陈述的,是一个作家的诞生,记录她在笔耕的园地中,如何从播种、除草、施肥灌溉，到抽枝茁壮，蔚然有成的经历。

我一向对有财有势、有名有利的人，不感兴趣；然而对美的人、事、物却深感兴趣，衷心欣赏。这可是得自老爸的真传。社会上所谓的达官贵人、巨富豪商，知道的不多，谁在乎？然而对各行各业中有真学问、真性情的高士贤才，我却满怀仰慕；甚至普罗大众，寻常小民，只要他或她在自己的岗位上敬业乐业，曾经专注认真地尽力过、付出过，也是值得尊重的。

记得多年前，我曾经应约为即将出版的《世界四百位作家》一书（此书后来因故未曾出版）写过一篇序文《谈写作》（此文后来发表在1995年的《香港文艺》创刊号上），文章一开始就说："常感到在世界上百行百业之中，有两种职业说难最难，说容易也最容易。这两种职业就是演戏与写作。"不错，这两种职业，是不需要科班出身的，先说演戏，年轻小子或黄毛丫头，只要长就一副俏脸，在街上走着走着，就有可能让星探发现，从此入行，飞上枝头做凤凰；至于写作，也不需要正规训练，任何人干本行腻了，只要拿起一支笔，肯乖乖坐下来，以前在纸上，现在在电脑上涂涂改改，写完了找到人出版，那就可以自称作家了。然而，入了行、演了戏、写了文章，久而久之，才发现，在这两个行业中，要想真正出人头地，闯个什么名堂出来，或者曾经火红一时，而维持盛誉不衰，那可比登天还难，除非此人天赋异禀、独具匠心，或勤奋不休、全力以赴，否则不可能脱颖而出。

1992年写这篇文章的时候，我还没有认识林青霞。谁想到，命运兜兜转转，十一年后我们邂逅了、交往了。如今回望，这文章里的一言一语，竟然完全应验在她的身上，仿佛当年的内容，是一篇预言，专程为她而写。

林青霞的盛世美颜，毋庸置疑，只是她年轻时并不自知，甚至我们认识后，她也从来不认为自己是绝色美人。她对自己的种种优点浑然不觉，对自己的种种不足，却念兹在兹，不断自我警惕、自我鞭策。说起来，她自从1994年结婚息影至今，已经历二十八载漫长岁月了，有谁？像她一般，在影坛的地位历久不衰；有谁？像她一样，影迷跨越三代甚至四代年龄层，从八九十到十三四岁无所不包，这可以说是一个史无前例的奇迹！直至今天，她的一举一动、一言一行都受到广泛的关注。这位曾经在电影界叱咤风云，只要在红毯上一转身、一回眸，就颠倒众生的巨星，迄今魅力依旧、美艳如昔，只是多了一份从容，多了一份自信，她清楚知道自

·作者发表 1992 年所撰的序文于《香港文艺》创刊号上　（作者提供）

己内心深处的所欲所求。她，毅然选择了转换跑道，从红毯踏上了绿茵！

　　写作之途，开步容易行走难，正所谓："路漫漫其修远兮，吾将上下而求索。"青霞曾经说过，无论做什么事，每一次，她都当自己是小学生，一切从头开始学，因此，她不怕难不怕苦，满怀谦虚，一步一步摸索向前而永不言倦。刚开始时，有人怀疑她，好好的豪门生活不去享受，偏偏要去从事不在行的写作，这又何苦来哉？也有人质疑她，写作根本赚不了多少钱，所谓的支出与收入不符，做来又有什么意义呢？

的确，古今中外很多作家，除了喜爱文学，热衷创作，有时也是出于种种迫切的动机，例如为了养家育儿、为了赚钱还债，才努力写作的。青霞没有这些后顾之忧，她不必像吴尔夫一般，宣称一个女人写作时得有"自己的房间"；她也不必像简·奥斯丁一样，永远挤在家人共享的客厅里写作；她更不必推着婴儿车，躲在咖啡店的一角，像罗琳一般辛辛苦苦创作《哈利·波特》。她有的是设备齐全的半山豪宅做书房，有的是闲暇空档来消磨，然而，这一切，不过是外在的条件，物质的配置而已。写作，本是一条孤独漫长的路，一个人唯有忍得住寂寞，压得住浮躁，才可以把自己从万丈红尘、人声喧哗中强拖出来，按捺在茕茕孤灯下，寞寞书桌前。青霞的生活原可能沉溺在吃喝玩乐、灯红酒绿中，然而她却受驱于内心深处一股澎湃难抑的动力，不为名不为利，一脚踏上写作的征途而义无反顾、自强不息，唯其如此，才显得更加难能可贵。

写作有什么乐趣？杨绛翻译的西班牙佚名小说《小癞子》

一书的前言,说得最简朴却也最诚实:"著作很不容易;下了一番功夫,总希望心力没有白费——倒不是要弄几个钱,却是指望有人阅读,而且书中若有妙处,还能赢得赞赏……冲锋陷阵的战士难道是活得不耐烦吗?当然不是;他要博得人家称赞,就不惜拼死当先。从事文艺的也是如此。"对于涉足文坛的青霞来说,各地读者的赞赏,就是她"冲锋陷阵"所得的最大回报。自从她从事写作以来,一波又一波的响应汹涌而至,从最初的怀疑,到不久的接受,至最后的赞赏,如今,喜欢她文字的读者,再也不局限于她的影迷了,连有识之士、文坛名家也不吝给予肯定,跟她成为谈诗论书的文友,甚至有大学教授把自己的博士论文都传来给她欣赏了。

在这条漫长的写作之途上,青霞一路行来,走得很努力、很带劲,偶然遇上气候不佳,走到云里雾里,又不免有点迷茫失落,时而觉得自己的笔下,没有大时代的风起云涌,没有浮世绘的爱恨情仇,是否有不足之处?这时候,我最想跟她共享的真知灼见就是林文月所写的《散文的经营》:"写散文和写其他文类一样,首先要有好的内容……什么是好的内容呢?在我看来,无非在于'真挚'二字。矫揉造作,无病呻吟,皆不足取法。只要是作者真挚的感情思想,题材大小倒不必分高下，宇宙全人类的关怀固然很值得入文，日常生活的细微感触也同样可以记叙。"因此，就由于"真挚"，青霞的文字才这么触动人心；就由于她认真来对待文字，尊重文字，日日与之为伍，才让内心如此富足，生活如此多姿！

这十八年来，就如青霞在送给我她的第一本书的扉页上题签"献给窗里的朋友"所言，的确，一般人看林青霞，是从窗外遥遥地仰望、欣赏，甚至崇拜；我看青霞，则一开始就是从窗里陪着她一起向外望的，无论是窗前风萧萧，还是帘外雨霏霏，我们都一起经历了，一起走过了。

青霞曾经说，高处不胜寒，一点不好玩，她要从神坛上走下来，与众人同乐！以下的一幅图像，就是她的写照：她从神坛飘落，来到人间，身穿一袭白衣素裙，走过滚滚红尘，踏足沾满晨露的绿茵，率性忘情，翩翩起舞，头上芝草琼花编织的冠冕，迎着晓阳，闪闪发亮！

影坛的成就，历久弥新；文坛的发展，如日方中，这就是今时今日的林青霞，兹借用李清照《如梦令》一词中的名句，略改一字，作为总结——知否，知否，应是绿肥红不瘦！

2022—2—8

谈心

22 后记

写作是一场无法预知的探险,一踏上征途,前程是风是雨,是晴是阴,完全不可预测,而带领自己的,是一股难以自抑的动力,在疲累时,督促自己不断前行;困顿时,勉励自己不要停步……

·作者与林青霞合影(林青霞提供,SWKit 邓永杰摄影)

《谈心——与林青霞一起走过的十八年》一书，于2021年3月开始构思，10月初正式动笔，至2022年2月中全书完稿。这几个月，适逢疫情严峻期间，日日夜夜宅在家中，时间似乎过得特别匆匆，而写作的过程，轻松倒不见得，心情却是愉快的，从来没有一本书的写作过程，可以让我如此全神贯注、专心致志，足以在外界纷扰中寄情忘忧，不问世事。

　　全书一共二十二篇，刚开始时，资料太多了，有待理出一个头绪，当时脑海中只有一些零星模糊的概念，我曾经列出一些标题篇目，然而，这些标题却是边写边修改的。有些题材，原先以为要重点着墨，结果却轻轻带过；有些以为不必费神详述的，结果却聚焦畅谈。原来，写作是一场无法预知的探险，一踏上征途，前程是风是雨，是晴是阴，完全不可预测，而带领自己的，是一股难以自抑的动力，在疲累时，督促自己不断前行；困顿时，勉励自己不要停步，于是每日坐在书桌前，只要沉下心来，进入状态，所思所感自会由笔端汩汩流出。

写这本书最令人愉悦的地方，就是能够得到书中主人翁全盘的信任和全心的托付。从一开始，青霞就对《谈心》的撰写，予以极大的鼓励与支持。从某种意义上来说，这本书可以说是我们两人合作的结晶——书名，我们一起设想和决定；内容，每写完一篇，我必定先让当事人过目，而青霞的反馈意见，也产生了使文章不断改进的功效。也许是我们各自专业的训练不同，彼此之间发挥了积极的互补作用。譬如说，由于电影事业多年的历练，青霞最记得清楚的是每篇文章所提及往事中场景的设置、人物的表情、动作的细节等；而我由于毕生从事文字工作的缘故，对交流时谈话的言辞、作品的内容或名家的佳句等，比较难忘。因此，每完成一篇，我们必定会仔细研究，反复讨论，直至所言所述完全符合史实方才罢休。青霞就曾经对我详述《功夫在诗外》一文中，花神春香等众演员如何投入听她讲故事的神态；《"迁想妙得"与饶公》一文中，她如何搀扶老人家的动作；《高桌晚宴与荣誉院士》一文中，她如何走到听众席上鼓励学生的情景；由于她说得生动传神，使我笔下的文字让人读来更富有身临其境的感觉。因此,《谈心》最大的特点,就是全书之中,一言一语都有根有据,绝无半点浮夸虚假的成分。

为了资料的正确无误,每一篇文章中提到的年份、人物、事情的来龙去脉等,我都得去仔细核实。我向来没有写日记的习惯,因此,历历往事,就只能凭记忆去追寻了。所幸还有一些纯然记事的小本子,开始写作《谈心》时,我先翻箱倒箧地把这些尘封的本子找出来,一年一年地去查阅,找到了记录的蛛丝马迹,再跟有关各方去确认资料。例如,写《听傅聪演奏》时,必须首先跟他的经纪人刘燕和忘年交陈广琛去查核详情,方才动笔;写《听余光中一席话》时,先得跟潘耀明再三通话,确定了当天的确是"字游网"启用酒会的日子,才敢如实记述。至于有关的照片,更得幕幕思索,步步追寻。如今,再也没有什么张贴整齐的照相本可作为依据了。一切都存盘在手机里,如果不是训练有素或运用自如的熟手,要找出一张心目中依稀记得的旧照,的确比登天还难。例如,那张我和青霞跟饶宗颐的珍贵合照,可真是花了好几个月的功夫遍寻不获,直至全书完成后的某一天,我胡乱划着手机时,才突然发现的,真叫人喜出望外!其他的一些照片,尤其是我和青霞历年来在各种场合拍摄的合照,很多都是由她亲自挑选提供的。另有一些特别珍贵的"历史文献",

如高克毅的卡片、杨绛的题签、饶宗颐的墨宝等，也是她亲自在搬迁后的新居中寻寻觅觅，才得以展现读者眼前。说起来，写这本书，在很多方面都极为顺利，因此，我俩特别感恩，常自觉成书前后，一切"如有天助"！

书稿完成后，为了使全书的内容更加充实，我决定选取六篇文章，放在附录，作为《谈心》的背景资料。这六篇文章涉及我与林青霞相识的缘分，《孔夫子》电影拍摄的缘起和经过，对钢琴诗人傅聪的怀念和追思，对杨绛的崇敬和仰慕，及白先勇细说《红楼梦》和推广《牡丹亭》的贡献，以供有兴趣的读者作为全书的延伸阅读。

几个月来，因为创作这本新书，让青霞和我经常感到兴致勃勃，乐在其中。《谈心》系列我一边写，一边率先在新加坡《联合早报》连载，每个星期一次，因此，每逢周末，就是我们转发文章的开心时刻。我把文章分发给各地好友及学生；青霞则把文章转发给她的广大朋友圈和影迷团"爱林泉"，并要求这些可爱的年轻人即时撰写"读后感"。她收集整理了数十篇文采斐然的"读后感"之后，会马上连夜转发给我，让我也先睹为快。这些年轻的读者中，不乏有才的能人，他们的响应，常常一针见血，说到点子上去！而青霞也曾花费几个钟头逐个回应，写出《谈心》文章读后感的"读后感"，让她的影迷读者暖在心头。为此，特地选辑了多篇精彩内容的片段，另辟《林青霞与爱林泉》一栏，附在书后，以飨读者。青霞说："爱，是用不完的，原来可以越给越多！"她曾经矢志成为一个"生活艺术家"，如今的她，单凭此语，已然如愿了。

记得在青霞六十七岁的寿宴上，闺蜜施南生曾经对她严下禁令："不准碰甜食！"青霞趁南生不备，偷吃了一块，南生发现后正色训示说："可知道，你得永葆美丽，这是你对世界的使命！"好友张叔平在旁欣然认同。的确，永远的林青霞不可不美，她的美，已经成为众人眼里的icon，几乎是一种应尽的社会责任了！然而，如今的青霞，除了姿容出众、丰神绰约之外，早已升华到"腹有诗书气自华"的境界了。在写作阅读方面，她确信："学到用时方恨少，终身学习又何妨"；在为人处世方面，她既是"胆大包天"，又是"心细如尘"的"拼命三娘"；在安身立命方面，她深深体会到东坡居士的洒脱豁达："此心安处是吾乡"，不管身在何处，她都能悠然自得，从心所欲。

在我的心目中，这一只身披蝶衣的蜜蜂，勤勉努力，永不言休，在未来的岁月中，她必定会继续酿蜜，继续缤纷，继续以精彩的作品在文坛发光发亮！

本书即将完稿的时候，香港中文大学前校长，也即是我的本家金耀基教授寄来珍贵的墨宝，题曰："当下就是永久；曾

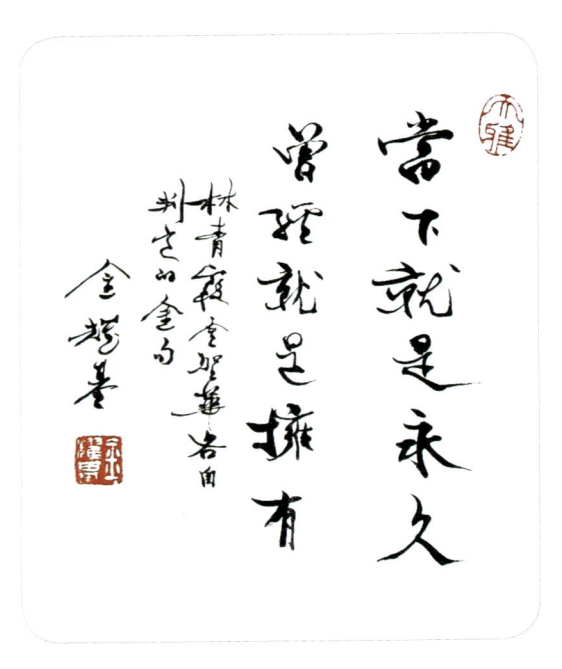

> 当下就是永久
> 曾经就是拥有
> 林青霞 金耀基 合自
> 耀基的金句
> 金耀基

· 2022年金耀基教授题字 （作者提供）

经就是拥有!"不错,这本为了好友林青霞而写的书《谈心》,就是记述我们相交十八年中,曾经拥有的一切:最好的岁月,最美的时刻,最难忘的记忆!因为我们一起经历过、体验过,才倍感珍惜,才值得书之成文;而我们共处的每时每刻,每个当下,只要内心感恩,细细品尝,就会变得丰盛多姿,永久留存!

2022—2—16

附录

写这本书,太多的缘分。

作者摄于香港中文大学

1 都是《小酒馆》的缘故
—— 记一部翻译小说牵起的缘分

浙江大学紫金港剧场的舞台上，正在展开作家苏童与翻译家许钧的对谈。这场以《文学创作与译介》为题的公开讲座吸引力很强，偌大的讲堂，人山人海、座无虚席。坐在观众席上的我，刚为讲座前一场学生表演的 Hip Hop 给弄得有点好奇，原来如今内地的大学生这么前卫？听演讲前得先看场活力充沛的舞蹈表演来热热身？也对，谁规定听演讲一定得正经八百、正襟危坐的？只要讲座内容新鲜有趣就行了，形式？当然可以多姿多彩，灵活多变啦！

我满脑子还在出神的时候，台上的两位嘉宾已经发言了。大概是在讲开场白吧！我忽然听到苏童说："那时候，我还在念高中，有一回，到书店里去逛，看到一本《当代美国短篇小说集》，我翻了一下，如获至宝，就花了八毛钱给买下了。"八毛钱？这对当年一个十六七岁的中学生来说，一定是了不

· 2018年在浙江大学与苏童合影（作者提供）

起的大钱吧！反正，他就这么买了一本美国翻译小说看将起来，而这一看，就看出了名堂，对日后的创作产生了不可思议的影响。

"这本书里，有篇特别的小说，故事怎么可能这么诡异奇谲呢？"苏童接着说下去，"一个不男不女、身高六尺的女主人翁，嫁了个俊俏的浪子；浪子爱她，她偏偏不喜欢，反而爱上了一个罗锅表弟；这个罗锅居然迷上了浪子；浪子对罗锅却不屑一顾……"情节怎么这么熟悉，他不会是在说那本书吧？这下，我不由得竖起耳朵全神贯注了。"这本阐述生命疏离、人性扭曲孤独、爱情永不对等的小说，太奇特了，我从来没有看过这样的书。这对我的震撼实在太大了，我以后的写作或多或少都受到它的影响。"苏童在台上娓娓道来，说得很有兴味。原来，他在回答主持人有关什么作品启发了他日后创作路向的提问。"这部中篇小说叫作《伤心咖啡馆之歌》。"作家如是说。

《伤心咖啡馆之歌》？当下，轮到我感到难言的震撼了。

对了，就是美国女作家卡森·麦卡勒斯原著的 *The Ballad of the Sad Café*，也就是我数十年来翻译生涯中的第一本译作，1975年由今日世界出版社出版的中篇小说——《小酒馆的悲歌》。

同一篇小说，为什么内地翻译的版本叫作"咖啡馆"，香港翻译的叫作"小酒馆"呢？追溯起来，已经是20世纪70年代初的往事了。大概是1973年吧！那时我正在香港中文大学刚成立不久的翻译系任教，有一天，受邀翻译一本美国中篇小说。那时我初出茅庐，满心以为即将翻译的是个俊男美女的浪漫故事。谁知接到任务之后，发现原文是一位美国女作家麦卡勒斯的作品，内容讲述美国南部一个荒凉小镇

· 1975年，香港出版《小酒馆的悲歌》封面 （作者提供）

上一家小酒馆兴衰的事迹，穿插了一段匪夷所思的三角畸恋。书中三位主角，女汉子（港称男人婆）、浪子、驼子，都是极不正常的，他们之间的情缘荒诞不经，跟我想象中悱恻缠绵、荡气回肠的爱情毫不相干，我当下深感失望，几乎提不起兴趣来动笔。1974年初，趁教书生涯中第一次公休长假，也为了可以专心翻译，远赴加拿大英属哥伦比亚大学去进修。当时是到大学的创作系去旁听名诗人兼翻译家布迈恪教授的

《翻译工作坊》，课余则修身养性，心无旁骛，上午到图书馆看书，下午或晚间在小楼上翻译。就这样，在温哥华从冬雨、寒雪、孤寂、寥落；到春暖、花开、抖擞、奋发，我不但与布迈恪结为知交（此后，更成为译介他多部作品，包括《彩梦世界》的译者）；看遍了图书馆里余光中的诗集散文（同年8月，诗人竟然来到香港中文大学执教，并成为翻译组时常见面的同事），从而在翻译过程中寻章摘句时得到了启发与灵感；更在冬去春来之际，对《小酒馆的悲歌》由最初的抗拒，到随后的接受，至最终的喜爱与欣赏。4月春浓时我欣然完成翻译初稿，踏上了回港的归途。

The Ballad of the Sad Café，小说翻完了，书名该怎么译？实在令我煞费周章。照字面翻译很容易，ballad 是民歌，民谣；café 呢？是咖啡馆，也是小餐馆，但是咖啡馆通常不提供酒类饮料。麦卡勒斯这本书里描述的，其实不是现代意义的咖啡馆，不是城市人所理解的贩卖咖啡的场所，而是一家不折不扣的小酒馆。书中不乏饮酒作乐或喝酒解闷的情景，而从未提及一次喝咖啡的场面，因此，café 并不适合直译为"咖啡馆"；至于 Ballad，在此也不是歌谣民谣，指的是一阙三角畸恋的悲歌。因此,我当时最初想到的译名是《酒栈悲歌》，

并以此请教有"活百科词典"之称的翻译泰斗高克毅。高先生认为"酒栈"一词少见,替我把书名修改为《小酒馆的悲歌》,不但如此,他更花费时间通读全稿,提出不少宝贵意见。于是,这部脍炙人口的麦卡勒斯名著,就以《小酒馆的悲歌》为名,在作家去世后八年,于1975年在香港正式出版,成为该书最早的中译本。

麦卡勒斯一生坎坷,婚姻不幸,二十九岁瘫痪,五十岁去世。她于1967年离开人间,根据我最近查寻资料得知,也就是在那一年,内地翻译家李文俊第一次接触到她的作品。他有一次到文学研究所去借书,无意中看到了这本小说,打开一看,借书卡上只登记了一个曾经借阅者的名字——钱锺书!李文俊读后,对这本书留下了印象,到了20世纪70年代,他再次借阅,并将该书翻译出来,1978年发表于《外国文艺》创刊号,1979年收编在上海译文出版社出版的《当代美国短篇小说集》里,成为全集中篇幅最长的一篇作品,也因此吸引了未来小说名家苏童的注目,启发了无数杰出小说的创作。

《伤心咖啡馆之歌》当年在内地的销路如何,不得而知;一日整理旧物,我发现了当年的稿约——整本小说完成后约五万字，而一千字的稿费为港币三十五元，折合大约收了一千七百五十元港币。稿费虽然微薄，但也够我拿着整笔款项兴冲冲地去购买一枚钻石胸针送给妈妈了。就如年轻学生第一次获得奖学金似的，我当时只觉满心喜悦，至于译本的销路，就不放在心上了。其实，这样一本毫不起眼的小书，自发行开始，就如风中四散的飞絮，到处飘零，不知会飘向何家院落。也许，某一年某一天，某个不知名的陌生人会在楼上书店尘封一角将之拾起，低垂眼帘，翻阅起来？也许，连这样的机缘都不会有，译者的心血，就从此黯然掩埋在书林书海里，不见天日？多年后，由于手中再没有样书，体贴的另一半曾经为我跑遍港九，在一家家楼上书店，把仅余的《小酒馆》一一收罗，如今手头尚存的几册孤本，就是这样辛苦得来的。我当时心想，这本小书，大概从此无声无息，只能沦为履历表上填写的一个项目，再也无人垂注了。

1992年初，我出任香港中文大学翻译系教授及香港翻译学会会长，在繁忙的工作之余，也希望另辟蹊径，从事一向心仪的文学创作。恰好应《华侨日报》社长潘朝彦之邀，在该报的副刊撰写专栏。当时乃以《桥畔闲眺》为名开辟专栏，从此日日伏案，不敢稍怠。

那一回，大约是1992年12月中，我从外地开会回港，在书桌上瞥见另一半为我放置的剪报，除了几篇我的专栏作品，我居然看到一篇名为《我要敬礼》的文章，出自同刊文友乐乐的专栏《乐在其中》。乐乐的文字生动活泼、诙谐幽默，一向读来令人开怀。这篇文章到底写些什么，值得特别剪存？谁知一读之下，令我惊奇不已。作者在小框里讲述一本曾经令她深受感动的翻译小说，说是译笔流畅、内容精彩，是她无意中在香港某家楼上书店一角发现的，读后念念不忘，又说注意到译者的姓名，想象中是个才子，而才子通常怀才不遇，经历坎坷，不知道这些年来流落何方？接着她又提到这位才子居然跟她隔邻《桥畔闲眺》的作者同名同姓，难道芸芸众生中竟然遇上同一个人？看了这篇文章，我不由得莞尔，赶紧设法问老编要来乐乐的通讯地址，告诉她我既非才子，也不落魄，但的确就是《小酒馆的悲歌》的译者，多年来仍然谨守翻译的岗位，乐此不疲。

那时候，乐乐已经迁居美国加州了，大约半年后，我有机会去美国一行，而乐乐住所恰好在我好友附近，因此就相约见面。乐乐是个热情洋溢、活力充沛的人，喜欢书、喜欢笑、喜欢朋友、喜欢美的人与事。只要她认为好的一切，就恨不得掏心掏肝捧出来跟朋友共享。就这样,我们通通信,打打电话,多年来一直维持这段远隔重洋的忘年交。

2003年,乐乐返港探友,一天,她打电话来,说是有事相求,原来她又在为朋友做嫁衣裳。还记得那通电话她花了不少唇舌,说明明知道我有多忙多忙,但还是希望我能跟这位特别的朋友见个面,聊一聊。又说那朋友是个非常可爱的人,有心要多看看中英书籍,希望看后可以跟人谈论一下,而我是最适当的人选了。那这位朋友是谁?"林青霞。"乐乐在电话另一头说,声音里难掩兴奋之情!

原来乐乐赴美结婚之前,是活跃于香港电影圈的记者,跟许多当红明星稔熟,包括张国荣、林青霞等天皇巨星在内。乐乐每次回港,都喜欢跟朋友叙叙旧,聊聊近况。这位喜欢看书的小姐,一听到朋友说想多看看书进修一番,就乐不可支,觉得是自己义不容辞、必须促成的天大要务,当下脑筋一转,居然把圈子全然不同、年龄相差一截的两人联系在一起。于是,2003年3月8日妇女节的那天,《小酒馆》的译者遇上了《云飘飘》的主角!

跟林青霞第一次见面,是在她的家里。按理说,上门去讲功课,女主人应该不会太摆架子的,但碍于天皇巨星的盛名，当时的心情还是难以形容，带点好奇、带点迟疑，不知道会面时如何寒暄？谁知道一打照面，我所有的疑虑就一扫而空，只见她穿着一身乳白的家居服，不施脂粉，笑容满面地迎上前来，一切都自自然然，好像相识已久的故交。接着，让座、喝茶、谈天、交流，我们在她家院子的树荫下、石桌旁、鸟啭声中一坐好几个钟头，天南地北地聊个不停，就这样，南辕北辙的两个人，居然交上了朋友。

此后十几年的交往，跟最初的构想完全不同。上了几堂课，香港"非典"疫情暴发，青霞带着孩子离港避疫去了，此地的一切活动，随之停顿。我们之间的友谊，也因此尚未开展就戛然而止。到了2004年底，乐乐自美国远道回港参加黄霑的追思会，大家才再有机会见面。青霞写了怀念黄霑的悼文，这是她第一篇发表的文章。此后她文思涌现、创作不断，自第三篇《小花》开始，我就成为她文章先睹为快的读者，不断逼她笔耕的主催。这期间，乐乐潜心礼佛、闭关修行，与外界不相闻问，我与青霞二人反倒交往频仍。在那个iPad和智能电话尚未普及的年代，青霞最初的稿子都是用稿纸手写的，通常在午夜或凌晨时分听到传真机嗡嗡作响，我就知道又有好文章传送上门了。

除了看稿，为推敲一字一句聊得兴高采烈；传阅新书、交换心得，我们更是推心置腹、无话不谈。十多年来，两人共同经历了丧亲的至痛，在生命的低谷互相勉励、彼此扶持，慢慢走出阴霾。我们不时相约观昆曲、看画展、听演讲、赏音乐，凡是有意思的文化活动，大家都乐意做伴共享。如此毫无心机、绝不功利的交情，可遇而不可求，归根究底，这样的机缘，竟然缥缥缈缈来自我几十年前着手翻译的一部小说！

假如没有《小酒馆的悲歌》，我不会邂逅乐乐，结识青霞；假如不认识青霞，我不会说服她一起去北京拜会季羡林，她也不会向季老讨文气，写下《完美的手》一文；没有这篇奠基之作，她不会跟《明报月刊》结缘，从此在《明月》发表许多精彩的作品；没有这许多文采斐然的佳作，她也许不会那么快就结集出版散文集《窗里窗外》和《云去云来》，让无数读者惊艳赞叹。

《小酒馆的悲歌》原书出版于1951年，当时麦卡勒斯已然中风，想她拖着残病之身，在孤灯下辛苦伏案、字斟句酌之际，可曾料到自己笔下的每一个字、每一个词，都饱含着神奇的力量，可以穿过山、越过海，来到遥远的东方，借助翻译的媒介，植入异国的土壤，有朝一日，发芽茁壮、开花结果，成就了无数亮丽的风景和美好的故事？

在浙大听苏童演讲的翌日，我原定去探访一位暂居杭州的故友，说来巧合，那朋友恰好就是乐乐。几个月前，她修行出关，再入红尘，然而因性喜文艺，渴望写作，她这次居然千里迢迢自美国来到江南，独自一人借住名导演赖声川坐落于杭州的幽静别墅。由于事前得知我会去杭州浙大开会，我们就相约在会后见面。

暮秋，雨后，踩着片片落叶，走在湿滑的小径上，我慢慢向小巷尽头行去。别墅庭院深深，池塘涟漪圈圈，这时我心底升起了遐思串串，想起了李文俊、苏童、乐乐、青霞、《小酒馆的悲歌》……一本书，几许事，冥冥中自有一线相牵，欲断还连。

这世界，不信缘，可能吗？

2019—1—6

2 历史长河的那一端

"金信民先生虽然是个商人,但是心底里是个浪漫诗人。"这是讲座一开始,主持人张伟先生在开场白里对我父亲的介绍。讲台上依次坐着我、费明仪、张伟、柳和纲四人。

2013年8月,刚成立不久的上海电影博物馆举办"子归海上——国宝级经典电影回顾展",重头戏就是民华影业公司在上海孤岛时期摄制的创业巨献《孔夫子》。为隆重其事,博物馆经香港电影资料馆联系,特别邀请当年的制片家金信民和导演费穆各自的女儿,以及电影资料馆节目策划傅慧仪女士到上海来参加8月9日的开幕礼。第二天,博物馆更特地举办《我们的父亲》讲座,除了费明仪和我,还请来了当年电影首映时金城戏院老板的后人柳和纲。主持人张伟先生是位史学专家,也是上海图书馆研究馆员学术带头人。他在讲座上把七十三年前《孔夫子》摄制的缘起、过程、放映,

· 2013年作者在上海电影博物馆"子归海上"开幕式致辞 （作者提供）

以及日后的失落，大半个世纪后重见天日的经历，娓娓道来，不但令听众对这部传奇名片的背景有所认识，也使我对当年父亲摄制影片的客观环境及种种细节增加了了解。

原来这部影片于1939年刚开始拍摄时的预算是三万元，预定摄制时间为数月。以当时的一般行情来算，拍一部电影的成本大约是八千元，时间则为六或七天，据说当年即使天皇巨星胡蝶的片酬也只不过五百元，却已是群星之冠了。结果，这部由年轻制片家金信民不顾一切、倾力投资的历史巨

·2013 年作者和费明仪合影 （作者提供）

片，在凡事要求完美的导演费穆"慢工出细活"的执导下，足足拍摄了一年有余，完成时共耗资十六万元。1940年12月19日，民华影业公司终于推出创业作《孔夫子》，并在"国片之宫"金城戏院隆重献映。

根据张伟先生所赠《孔夫子》首映说明书影印本，我发现除了本事、广告、插曲之外，在字里行间，书页纸边上，竟然还有不少信息的宝藏：例如《孔夫子》是在夜场九时一刻首映的；而"十二月廿五六七日三天上午十时半加

· 1940 年《孔夫子》影片特刊（作者提供）

映，座价上下一律七角"，据知金城戏院当年楼上楼下共有一千六百个座位，即使场场客满，以当时《孔夫子》放映的档期来算（原本院方答应放映至 1941 年初，结果，临时抽下，换上了戏院老板制作的《红粉金戈》），无论如何是无法还本的，更遑论盈余了。奇怪的是，不惜工本的制片家似乎从未考虑到影片发行后的盈亏问题。在父亲的心目中,投资拍片根本与扬名谋利无涉,正如他在《孔夫子》首映特刊的《序言》中所说:"人类走在'向上'与'向善'的路程上,电影应是'导上'与'导善'的工具之一。于此,我们希望对中国电影事业能继续尽其所能。"这样一个只求付出、不问收获的制片人,在抗日战争孤岛时期的上海,全心全意要摄制一部振奋人心、激励民情的历史片。这种做法,在今日看来也许匪夷所思,但其实跟他的时代背景和豁达性格息息相关。父亲生于清末,出生后历经辛亥革命、洪宪称帝、张勋复辟、军阀混战、北伐胜利等种种巨变。喘息未定,又发生"九一八事变",国难当头,因为爱国心切,乃积极投入他热爱的文化工作——方兴未艾的电影事业,民华影业公司就是在1939年9月18日成立的。即使如此,父亲之所以会为拍片不惜一切,甚至倾家荡产而无怨无悔,除了对导演及其团队极端信任,以"知其不可为而为之"的精神无限支持之外,确实与他毕生"视富贵如浮云"的浪漫情怀不可分割。

记忆中,从小到大,父亲从来没有跟我谈论过财经金融的事。小时候,他带我去看京戏、观话剧,出入明星红伶的厅堂。刘琼、赵丹、王人美、黄宗英的美誉如雷贯耳,梅兰芳、言慧珠、麒麟童、金少山的大名耳熟能详，甚至连我的启蒙书都是京剧《大戏考》。我也看过他自己为募款赈灾而亲自登场，先后义演过京剧《打渔杀家》和话剧《秋海棠》。这样的父亲，先是远赴台湾，后又南来香港，千金散尽而居然笑看人生，不改其乐。在香港，有一回，他满头大汗地从外归来，忽然感慨万千："今天经过天星码头，看见报摊上的报贩在数报纸，厚厚一沓，一张、两张、三张……就像有些人数钞票似的，一张张数，数完了放在银行里，不懂生活，存折里多了个圆圈，有什么意思！"这使我想起了法国名著《小王子》的故事。圣埃克苏佩里创作的小王子在天际众星之间游荡，来到第四颗商人居住的行星，对商人埋头算账的行径大感不解。"你在忙什么？"他问。"我在数天上发亮的东西。"商人回答。"啊！数星星，数来干什么？""我可以拥有它们。""拥有了干什么？""我可以变得富有，富有了可以买更多的星星。""有花可以摘，可以戴，你又不能摘星星。""我把星星的数目写在一张小纸上，再把小纸锁在银行里。"原来世界上多的是数星的人！今年，正好是《小王子》诞生八十周年，想当年作者在法国成书之际，远在中国上海，有个商人未读此书而早已参悟书中蕴含的真谛——父亲不做数星的人，他是个赏星的人！

在大会讲座结束后，主办单位安排大家参观博物馆，由常务副馆长范弈蓉女士陪同，上海大学影视艺术技术学院教授石川博士亲自导赏。石博士知识渊博，对中国电影发展史了然于胸，如数家珍。博物馆规模宏大，设备新颖，我们一行人由四楼漫步而下，经过了"光影记忆""历史长河""电影工厂""荣誉殿堂"四个展区。由于石川博士的引领，迄今百年中国电影史上先驱的付出与血汗、努力和成就，历历在目，重现眼前。博物馆中珍藏着一本《孔夫子》拍摄当年的剧照，我望着照相本泛黄的纸、起皱的边，神思恍惚中恰似进入了时光隧道，历史长河上的雾霭慢慢散开，视野渐渐明朗，长河的彼端，赫然站立着一群年轻的爱国者，他们有勇气、有魄力，干劲冲天；不知天高地厚，无视世道艰险，为了实现理想而勇往直前。小时候，听父亲谈论摄制《孔夫子》的种种事迹，总觉得是遥远的故事、模糊的逸闻。如今，目睹当年工作人员的斑斑心血，这一切都变得立体明确，眼前呈现的是真实的文献、历史的明证！父亲与他的团队，曾经辛劳过、挣扎过、奋斗过、努力过！七十三年前摄制的《孔夫子》，经历逾半个世纪的跌宕坎坷，七十三年后终于回到了他的诞生地——上海！

　　这次影展，一共放映了两回《孔夫子》。第一回于开幕式后在艺术影厅上演，第二回则在博物馆"五号摄影棚"放映。"五号摄影棚"建于20世纪60年代，重建于2012年。据石川博士所言，当年父亲租借联华影业公司拍摄《孔夫子》的第三号片场，就在棚外马路的对面，如今这里已经建起了一栋栋巍巍巨厦。"五号摄影棚"里设有目前为止全国最大的三百平方米巨幅银幕。在这样设备齐全的场所放映经典名片《孔夫子》，可谓相得益彰，历史巨献的古朴韵味与雄浑气势皆巨细无遗地呈现出来。悉心观赏之际，父亲当年细述的故事——重现脑海。"那一场雪啊！导演带领整队人马出外景，等了好几天才等到。"陈蔡之厄解围后的漫天风雪，在冬天难得下雪或数年方得一见雪景的上海，就是这么等出来的。"'陈蔡绝粮'夫子操琴的那场戏啊，拍了个通宵，我也陪着看了一宵。"父亲说来犹有余甘。孔子抚琴为征夫操，子路随乐起舞，古琴之声庄严肃穆，动人心弦，原来当年所配的音乐和乐舞，部分取材于明代朱载堉所著的《乐律全书》，而演奏的又是古乐名手，难怪仅仅音乐一项已经耗资三万有余了。原以为电影不必连看两遍，谁知每次重看《孔夫子》

都有崭新的体会。导演费穆的拍摄美学和编剧手法都功力深厚。此外，父亲与他的团队在七十三年前不但具有国际视野，在电影制作时聘请外国翻译负责英文字幕，他们在推广时的种种构思，如制作特刊、邀约广告，放映前举办征文比赛、孔圣杯乒乓球赛，放映时每天抽奖赠送九大头轮戏院戏票等等，在如今看来，也都极富时代色彩。

为了怀旧与寻根，我们一行人特别要求于8月10日早上前往当年《孔夫子》首映的金城戏院参观。原来这家戏院也是《义勇军进行曲》的诞生之地。戏院坐落在当年的北京路贵州路两条马路交叉口的转角处，七十三年来历经沧桑，而仍维持旧观，进口处是个前厅，由左右两条弧形的楼梯环抱。戏院的接待人员说，楼梯还是当年的楼梯，那么，一层层梯阶上必定留下了父亲当年的足迹。1940年12月19日首映当天，年轻的制片家风华正茂，他是否怀着无比的兴奋，三步并两步跑上去观赏自己的心血结晶？说明书上写着"民华影业公司开天辟地敬谨贡献，中国电影有史以来第一惊人之笔"，如今看来并非虚言。金城戏院二楼放满了所有当年在院中首映影片的海报，许多儿时听父亲提起过的名片，都陈列眼前，其中最瞩目的，除了《孔夫子》，还有联华影业

·2013 年，作者在上海金城戏院《孔夫子》海报前留影 （作者提供）

公司于1934年摄制的《渔光曲》，海报下列明此片于1934年连映八十四天，打破中国电影史上历来的纪录。看到这张海报，我不禁莞尔，原来这破纪录事件的背后，竟也涉及我那年少气盛、好打不平的父亲。当年为了替主题严肃的《渔光曲》打气，他居然一掷千金，匿名在《新闻报》上刊登全版封面广告，以示支持。一千银圆在20世纪30年代并非小数，难怪多年后家中每次重提此事，我那贤良淑德的母亲总对我说："侬爹爹，专门喜欢做空头事体！"所谓空头事，就是不涉名利、无私忘我，世人眼中无法理解的大傻事！然而世事难料，谁会想到当年亏了大本而又失落人间的《孔夫子》，由于香港电影资料馆的全力修复，会在2009年重见天日，迄今数年间更在世界各地的影展上大放异彩呢！

2013—8—14

3 将人心深处的悲怆化为音符
——怀念钢琴诗人傅聪

电话那端,传来傅聪夫人 Patsy 的声音,低低的,却沉稳:"我在教琴,可否过一会儿再通电话?"那天是 2020 年 12 月 31 日,傅聪走后的第三天。

我知道她会挺过去的,各地问候的电话不断,吊唁的电邮如雪片飞来,她要处理的事物太多了。相依相守数十载的伴侣骤然离世,难免哀伤欲绝,但是,对音乐的尊崇、对艺术的大爱,让她仍然要继续下去,为他,也为自己!于是,她收拾心情,让哀思伤痛化为一片乐韵琴声,在传授下一代的庄严任务中,向钢琴诗人寄予至恳至切的祝祷!

我也深信,傅聪虽然不幸让新冠病毒夺去生命,他也并没有离开,他永远都在,活在我心中,活在全世界热爱音乐、热爱文化、能明辨是非、有独立思想、俭朴纯真、怀有赤子之心,即一个大写之"人"的心目中!

不过是几个月前,我还在疫情之中向傅聪、傅敏分别致候,得知他们安好,心头放下大石。谁知道事情竟然会如此逆转?

四十年的友情,像一棵繁茂的绿树,怎么会这样突然枝断叶萎,令人神伤!回忆1980年农历大年初一,我因为要研究傅雷,从巴黎渡海到伦敦去拜访傅氏昆仲。当时慑于傅聪的盛名,我不免紧张,对他的了解也不够,只知道他是名闻遐迩的钢琴家。我还以为他早年去国,也许跟父亲没有那么近,直至后来阅读了傅雷写给他的许多书信,才开始了解这对父子之间的似海亲情,傅雷对傅聪的期许之深、爱护之切,的确世上难见!一封封信经苏联辗转寄到英国,书传万里,载满了几许关怀与思念!这批家书,包括了傅雷写给当年儿媳Zamira的英法文信,承蒙傅氏兄弟对我信任,相识不久就嘱我把这些信件翻译为中文。

1982年初,傅聪来港,因为翻译傅雷家书的事来电相约,我们在他半岛的房间见面。交代完要办的事之后,他的话就滔滔不绝。记得他含笑说:"你上次来我家,留下了一顶黑色的beret,帽子一时不见了,一时又出现了!"说得那么随意,就像是个相识多年的老朋友,使我一下子就放松下来。

他一旦说起了头，就会一直说下去，我根本不需插嘴，也绝无冷场。艺术家的热情、爽朗、纯真，不矫揉造作，直叫人暖透心底。虽然是第二次见面，他却跟我吐露了许多肺腑之言，大概有真性情的人，不再受拘于虚伪的客套，更无须在世俗的外围兜圈子，在适当的时地，三言两语，就可以直扣胸臆、触动心弦的。

这以后，傅聪多次来港演奏，每次他必定会为我留票，相约晤面。记得一次又一次听完演奏后，去后台找他，总见到他换好唐装，点上烟斗，一个人静静坐着，默默思量，脸上的汗水涔涔流下。我曾经问过他："你每次上台演奏，会不会紧张？""当然会啊！人家说心里小鹿乱撞？我心里有几十只小鹿呢！"多年后，我看到别人对他的访谈，他说："每一次音乐会，对我来讲，都是从容就义。"试想一个毕生奉献音乐的虔诚信徒，每日练琴十小时以上，深信自己"一日不练琴，观众就会知道"的钢琴家，数十年来演奏过千百次的老手，居然会把每次上台，当作一次"从容就义"，而不期然透显出一股悲壮的激情，怎不使人听了既叹服又心疼？不但如此，每次演奏后，尽管观众反应热烈，如痴如醉，问傅聪自己，他总是眉头深锁，长叹一声，几乎没有一次感到满意的。

　　傅聪是个彻头彻尾的理想主义者，对于音乐，他极为谦卑，自甘为奴，以勤和真来悉心侍奉。他一辈子的生涯，就处于勤奋不懈、永远追求的状态，活得十分辛苦。在家里，他是个中古世纪的修道士，常想躲在一隅，专注音乐，不问世事，偏偏又古道热肠，对世态炎凉感触良多，对真理永远执着，难以排遣；在途中，他又像个摩顶放踵的苦行僧，每次演出，往往在演奏前一天才到达当地，行囊未放，已经迫不及待去练琴了；演出当天，继续练琴，上台前不吃晚饭，演出后精疲力尽；第三天又匆匆踏上征途，从来没有时间去游览或松弛。这样的日程，周而复始，贯穿了他的一生，使他承受着无比的压力，却又永不言弃。

　　傅聪的真，体现在他对音乐的追求，也体现在他的为人处世上。他从来不会敷衍伪装，也从来不说假话。《傅雷家书》于1981年初版，1984年增订版中，收编了我翻译的十七封英文信及六封法文信。虽说只有二十来封书信，当初接手这任务时，我也的确战战兢兢，不敢掉以轻心。毕竟这是翻译大家傅雷的家书，要讨论傅译容易，要着手译傅则是另外一回事了。我必须通读全书，细心体会，悉力揣摩傅雷的文风，才能把他的英法文还原成中文。所幸这一次的尝试，得到了傅聪的嘉许，他说："你翻译的家书，我看起来，分不出哪些是原文，哪些是译文。"他的这句话，是我这辈子从事翻译工作所得最大的鼓励，我一直铭记在心，直到今天。1996年，傅聪重访波兰，发现了当年傅雷致傅聪业师杰维茨基教授的十四封法文信，这批信又于次年交在我手上。信中的措辞是非常谨慎而谦恭的，礼仪周到，进退有据，因此翻译时需要格外小心，以免不符傅聪的要求。这批信是参考傅雷致黄宾虹书信的体裁翻译的，完稿后傅聪说："啊呀！怎么你还会文言文啊？"一句肯定，就将我所有的辛劳一扫而空。1999年梅纽因去世，他的遗孀狄阿娜夫人将一批傅雷当年写给亲家的法文信件交还傅聪，这批信件内容丰富，除了涉及两家小儿女的闲话家常之外，也包含了不少对人生的看法及对艺术的追求等严肃的话题。收到这第三批信时我不由得心中琢磨，家书用白话来翻，杰老师的信用文言来译，这批信又该如何处理？就用文白相间的体裁吧！谁知道初稿完成后，傅聪一看并不满意，他可不会客气："这语调，又不文又不白，怪怪的！"结果，我得努力揣摩傅雷致友人如刘抗等人的书信，以一松一紧、骈散互济的方式，取得了文白相糅的平衡，九易译稿之后才拿给傅聪看,终于得到了他的认可。

傅聪最讨厌的是虚伪客套。1983年,香港大学颁授荣誉博士学位给他,我应邀观礼。典礼之后,在茶会上一大群人围着他索取签名合照,令他不胜其烦,于是他干脆谁也不理,索性避开了人群,拉着我躲到一个角落,悄悄问我,过一阵要去见一个什么闻人,那人到底怎么样?说时像小孩怕见大人似的,一脸尽显童真。对傅聪来说,俗套的仪式,例如众人聚集在公众场所高唱生日歌教他受不了,一堆乌合之众不分是非黑白的群体愚昧更让他深恶痛绝!然而在私人的场合,谈得来的朋友之间,他是毫无保留、真情流露的。有一回,在晚餐后同往酒馆聊天,饭饱酒酣中,他忆起了少年往事,说到十七岁时从昆明返回上海,沿途历经一月,困难重重,不知接受了多少善心人士的义助,才得以返家,说到激动处,他不禁热泪纵横,难以自抑!当然,多年相交,开心见诚时,也曾看过他最真诚、最坦然,如赤子一般的笑容,连他自己也说:"不要以为我永远在那儿哭哭啼啼,没有这回事,我笑的时候比谁都笑得痛快!"(见《与郭宇宽对谈》)

1989年中,当时我出任香港翻译学会会长,想到再过两年就是傅雷逝世二十五周年,也是学会成立二十周年了,何不邀请傅聪来举行一场"傅雷纪念音乐会"筹募基金,以推动翻译事业?话虽如此,学会是个毫无资源的民间学术机构,怎么请得起钢琴大师傅聪呢?这事必须他答应义演才行。于是,我硬着头皮,鼓起勇气,写信征求傅聪的意见。1990年初,傅聪来电,表示他决定1991年来港举行纪念音乐会,义助香港翻译学会募款。当时一听,我不由得惊喜交集,喜的是一个心血来潮的意念,原本有点像天方夜谭,居然得以如愿;惊的是自己虽喜爱音乐,但毕竟不是内行,要在无兵无将无财力的情况下去筹办一场募款音乐会,简直有点不自量力。但是为了不负傅聪的信任,还是决定订下了最大的场地——文化中心音乐厅,并坚持楼上楼下两千零一十九个座位齐开,以期达到最盛大的效果。为了配合音乐会,我们同时举办了傅雷逝世二十五周年的纪念展览会,将傅雷生平的手稿、家书、生活照片等在香港商务印书馆展出,是为海内外傅雷生平的第一次布展。10月24日,傅聪、傅敏二人,一个来自台北,一个来自北京,于同日抵港。难得的是傅聪,10月29日才是演奏的日子,为了参加连串纪念活动,他居然提前五天来到,这可是绝无仅有的事。于是,我这主办者也就因此有机会贴身全程参与了他在演奏前悉心准备的过

·1991年，傅聪参观香港翻译学会举办的"傅雷纪念展览会"　（作者提供）

程。24日在启德机场接了傅聪，一到旅馆，曾福琴行就把练习用的钢琴送到房间，音乐家也就马上进入状况。随后的几天，他除了天天练琴，一律保持低调，谢绝采访。那几天杨世彭执导的话剧《傅雷与傅聪》恰好在香港上演，傅聪于首演当天在启幕后悄悄进场，散场前静静离开。至于"傅雷纪念展览会"，他也是在开展前默默去参观的。那些天，他心无旁骛、全神贯注在音乐上，誓要以最佳的演出向父亲致最深的怀念。演出前，我陪他去文化中心查勘场地，那是一套非常严谨的程序,傅聪要求的是一架音色最佳的钢琴,一个技术最好的特定调音师,一张最合适的琴凳,琴凳的倾斜面必须合乎某个角度。记得那天琴凳怎么都调校不妥,一时情急,我还得速召外子从家里送个垫子来。10月29日的纪念音乐会,终于在全场满座的盛况下顺利演出。音乐会后,兄弟二人终于可以松口气,坐下来慢慢谈心了。傅聪对傅敏说:"要记得,我对政治毫无兴趣,但是正义感却不可一日或缺!"一句话,体现出一个真正的知识分子光明磊落的胸襟与风骨!

这场音乐会,为翻译学会募集了数十万款项,成立了傅雷翻译基金,并支持了学会往后几十年的运行与发展。尽管如此,举办之初,仍听到一些目光欠缺的会员说:"翻译学会办翻译活动也就罢了,搞什么音乐会!"他们哪里知道,傅聪以音乐来纪念父亲,是含有多重意义的。其实,只要真正了解《傅雷家书》的价值,就可以明白在对精神领域的追求上,傅雷与傅聪二人完全如出一辙。《家书》不是普通父子之间的闲谈,而是"艺术家与艺术家之间的对话",他们畅谈艺术,纵论人生,而他们毕生从事的工作——文学翻译与音乐演奏,无论在形式或内涵上都彼此类同,再没有其他艺术范畴可以比拟！前者以文字表达原著的风貌，后者以音符奏出乐曲的神髓，翻译者对原著的倚重，恰似演奏家对乐曲的尊崇，两者在演绎的过程中，都有很大的空间去诠释、去发挥，但必须有一定的章法和依据，不能乱来。翻译家的自我，就如演奏家的个性，傅聪曾经说："真正的'个性'是要将自己完全融化消失在艺术里面，不应该是自己的'个性'高出于艺术。原作本来就等于是我们的上帝，我们必须完全献身于他。"（见《与潘耀明对谈》）在这一点体会上，傅雷与傅聪完全是心灵相通的，他们父子二人，走的是同一条路！

在1992年跟傅聪进行的访谈录《父亲是我的一面镜子》中，他坦承父亲性格中的种种矛盾，如愤世嫉俗而又忧国忧民，热情洋溢而又冷静沉着，以及毕生历经的多重痛苦与磨难，似乎都由他承受下来了。傅雷处事冲动，傅聪指着自己那张俊脸上唯一的缺陷——鼻梁上的疤痕，回忆起童年旧事："他在吃花生米，我在写字，不知为什么，他火了，一个不高兴，拿起盘子就摔过来，一下打中我，立即血流如注，给送到医院去。"傅聪认为自己也常常冲动，他曾经对我表示："我的名字音对了，字不对，我该叫作傅冲，林冲的冲，不是聪明的聪!"这固然是他面对着沉重的历史包袱,个人的、家庭的,中国人良知的包袱而压得透不过气来时的感喟;然而在沉静下来时,他却又人如其名——"听无音之音者谓之聪",其实他内心深处笃信的,是不必宣之于口却永远存在的真理,一种"larger than life"的至高境界。诚如李斐然在《傅聪:故园无此声》一文中提到,傅聪的勇气,也许可以说表现在他"没有做过的事情上":他一不接受政治庇护,二不稀罕商业包装,即使因此遭受排挤,亦在所不惜,君子有所为有所不为,名缰利锁,对他根本不起作用,他可真正做到了"人不知而不愠"!生活在这个滔滔浊世中,众人皆醉而独醒,傅聪与傅雷,都是希腊神话中先知卡珊德拉一般的人物!

1998年,香港中文大学新亚书院成立五十周年,为了庆祝金禧并筹募款项,当时的院长梁秉中教授嘱咐我邀请傅聪来港演出。傅聪如约前来,演奏会所选的曲目全都是肖邦的作品,包括最为人乐道的《二十四首前奏曲》。众所周知,傅聪是最擅长演绎肖邦的钢琴家,两人不但性情敏锐,天生气质相同,并且都历经过离乡别井的哀伤,对故国的思念同样刻骨铭心。傅聪曾经说过,"肖邦好像我的命运",而他认为《二十四首前奏曲》是肖邦音乐中独一无二的伟大作品,

·左起：史易堂夫妇、傅聪伉俪、作者与夫婿在新亚书院五十周年院庆晚宴上合影 （作者提供）

练习起来，是一项非常艰巨的工作。然而我清楚记得，当晚在文化中心的演奏，是我多年来第一次听到傅聪自认为满意的演出；后台里，我也是第一次见到他笑容满面、如释重负的神态。音乐会后新亚书院在半岛酒店设宴庆祝，餐桌上，傅聪与金耀基教授分别坐在我的两旁，一左一右燃起了两支烟斗，两位智者谈兴甚浓，隽永机智的话语，在烟雾缭绕中来回飘送，这是我第一次感到笼罩在二手烟下竟也其乐融融！

因为那次演奏，我在1998年夏曾经去伦敦造访傅聪，请他提供一些近照和简介,他居然面有难色,一时里不知道如何去找,结果好不容易在钢琴底、茶几下翻出了几张照片塞给我。他对身外之物从来都不放在心上,他说因为经常去各处演奏,返英时带回一大堆不同国家的钞票硬币,他统统放在纸袋里,丢在衣柜中。有一回 Patsy 收拾房间,看到柜子里一个皱巴巴的牛皮纸袋,还以为是废物,一把丢到垃圾桶里去。尽管如此,他那天倒是郑重其事地告诉我,有一篇诺贝尔文学奖得主黑塞(Hermann Hesse)谈论他音乐的文章,颇有价值,希望我有空时可以翻译出来,这就是我于 2003 年发表的《黑塞"致一位音乐家"》。

1960 年,当时八十三岁的黑塞,通过电台收音机偶然听到了时年二十六岁的傅聪所弹奏的肖邦。一听之下,大为激赏,忍不住写下"太好了,好得令人难以置信"的字句。他认为那位名不见经传的年轻钢琴家所奏的肖邦是个奇迹,使他"感受到紫罗兰的清香,马略卡岛的甘霖,以及艺术沙龙的气息",对他而言,这"不仅是完美的演奏,而是真正的肖邦"。他更认为傅聪的演奏,"如魅如幻,在'道'的精神引领下,由一只稳健沉着、从容不迫的手所操纵",使聆听者"自觉正进入一个了解宇宙真谛及生命意义的境界"。

其实，黑塞写完这篇文章之后，曾经印了一百多份，分发给知心朋友，希望能这样把讯息辗转传到大约在波兰的傅聪手中。结果，黑塞于1962年就去世了，直到傅聪在七十年代初重返波兰时，才由一位极负盛名的乐评家给了他这篇文章。因此，黑塞与傅聪，一位是心仪东方精神文明的文学巨匠，一位是沉醉西方古典音乐的钢琴大师，两颗热爱艺术的心灵，就如此凭借肖邦不朽的传世之作，在超越时空的某处某刻，骤然邂逅了！艺术到了最高的境界，原是不分畛域，心神相融的，两人因而成为灵性上的同道中人，素未谋面的莫逆之交，成就了一桩传颂千古的艺坛佳话！

傅聪虽然与肖邦气质相近，弹肖邦就像肖邦本人在演奏一般，但是这成就却得来非易。钢琴家除了长年累月勤于磨炼之外，还悉心研究作曲家手稿，并到肖邦故居的旧琴上依稿揣摩，傅聪弹奏其他心仪作曲家的作品，如莫扎特、德彪西、舒伯特等，也一概如此。这跟傅雷翻译巴尔扎克和罗曼·罗兰之前致力吃透原文，又何其相似？钢琴家多年来锲而不舍的努力，导致他的手指在中年后患上了腱鞘炎而痛苦不堪。我曾经在他演出前，于旅馆中帮他把撕成细条的药膏贴，一条条小心翼翼地贴在他十个手指的四边，那时方才明白，原来止痛药膏贴是不能整张团团贴在手指周围的，因为这样会降低手指的弹性，影响演出的效果。傅聪多年来一直在这种艰苦卓绝的状态中练琴及演出，因此，他自认为满意的一场表演，就成为难能可贵的千古绝唱了。几年前我把这场演奏的录音带交给傅聪的忘年知音陈广琛，最近听说他正在积极筹划整理这个录音，希望能通过有心唱片公司的合作，让它得以现代化的方式重见天日，假如真能成事，广大的乐迷可就有福了。

傅聪当年由于父母的培育和熏陶，在热爱音乐之余，也喜欢诗词歌赋，更钟情地方戏曲。2008 年 6 月，白先勇监制的青春版《牡丹亭》远赴英伦演出，我特地从中为傅聪安排了抢手的戏票。傅聪全家都去看戏，一连三天，非常投入。傅聪与白先勇这两位原本相识的性情中人，在音乐与文学上各领风骚的杰出大师，就因此在伦敦的剧院中，为中华文化的传承而喜相逢，为演出成功的愉悦而留下了难得的合影。白先勇曾经说，他之所以写作，是希望"把人类心灵中无言的痛楚转化为文字"，那么，跟他意气相投的傅聪毕生努力所致的，岂不就是要"将人心深处的悲怆转化为音符"？

2013 年 10 月 27 日，自傅雷伉俪 1966 年逝世以来，经历了四十七年的漫长岁月，终于由有关单位在浦东墓园举行

· 2008年,傅聪与白先勇于伦敦青春版《牡丹亭》演出时在剧院喜相逢 (许培鸿摄影)

安葬仪式。那天傅聪跟儿、媳以及傅敏夫妇来到墓前行礼致敬。自公墓移出的小小骨灰盒仿佛有千斤重,从傅氏兄弟二人的手中缓缓垂放于鲜花围绕的墓穴中。傅聪的背影微驼,步履沉重,毕竟是望八之年了,然而更沉重的应是他内心深处的伤痛。墓旁朴素的灰色碑石上刻了两行字:"赤子孤独了,会创造一个世界",这是傅聪所选傅雷的话语,他坚持在父母的墓碑上,不能安置浮夸的雕龙饰凤。如今,傅聪自己亦

图为傅聪父

已大去，不知道是否已与父母在赤子的另一个世界里重逢？

12月31日，我致电北京问候傅敏伉俪，夫人哲明告诉我傅敏在服药之后，情绪方才稳定下来。12月28日白天得到英伦消息，说傅聪仍在医院留医，但到当天晚上将近午夜时分，傅敏突然哀恸不已号啕大哭，说怕哥有不测！第二天一早噩耗传来，傅聪不幸于28日下午三时许逝世，北京伦敦两地时差八小时，正好是傅敏悲从中来的时刻！兄弟二人，手足情深，虽相隔万里，冥冥之中仍心灵相通，难舍难离！傅聪弥留之际Patsy与次子凌云都守候身旁，他临终时说了两句话："我想傅敏，我想回家！"

傅聪曾经说过，音乐的奇妙，是"能把全场的人都带到另外一个世界……使人们的灵魂得到净化"（见《与华韬对谈》）；他更说过理想境界永远无法达到，世间没有完美，恐怕唯有死亡，才能臻完美。如今，他已以八十六年的岁月，在滚滚红尘里人琴合一，自淬自励，咽下生命的苦杯，酿出救赎的甘醇。百年一遇的一代琴圣，从此安然回到天家，达致完美，留下清越琴声美妙天籁，抚慰一代又一代世人悲怆的心灵！

2021—1—8

4 "经受折磨,就叫锻炼"
——怀念杨绛先生

初次会见杨绛是在 1985 年,已经是三十多年前的事了。那一回,香港翻译学会的执行委员发起两岸三地交流活动。也许是因为第一次举办这种活动,也许是因为内地改革开放不久,这么一个没有财力、没有后台的民间学术团体,居然在两地都得到了高规格的接待。在北京我们拜会了各种机构,包括社会科学院。当天出席的有名闻遐迩的钱锺书、杨绛伉俪,还有翻译高手罗新璋等人。我的座位恰好安排在杨绛和罗新璋中间,因此会上可以尽情向译界前辈讨教。杨绛十分谦逊,说是正在构思一篇有关翻译的文章,准备以慢镜头来剖析翻译的过程,探讨翻译的要诀。这篇文章后来发表时以《失败的经验》为题,阐述翻译时选字、造句、成章的步骤,及后改名为《翻译的技巧》,是我在翻译课上要求学生必读的精彩论述。

坐在杨绛的身旁，自然会谈到她的经典名译《堂吉诃德》。我那时候年轻学浅，一出口就把书名中的"诃"字念成"ke"了，杨先生立刻纠正我，"这字念'he'，不念'ke'"，她说时，声音轻轻软软的，温柔而坚定。多年后，读了她的《我们仨》，我才知道鹣鲽情深，极少龃龉的钱氏夫妇，居然曾经为一个法文字"bon"的发音，好好吵过一架。杨说钱的发音带有乡音，又经法国友人论断属实，弄得钱很不开心。自此夫妇俩决定凡事互相商议，不再争吵。由此可见两位大家历来对语言、对学问、对文化的执着和认真。我当时初识杨绛，就出了个洋相，虽甚觉尴尬，却衷心感念前辈不吝指点后辈的真诚与坦率。

那时候，内地开放不久，一切都很保守，杨绛却穿了一身旗袍，配上她的优雅举措，诗书气韵，显得一派雍容，与众不同。这以后，我们保持书信往返。1988年香港翻译学会决定颁授荣誉会士衔予杨绛先生，由我撰写赞词。虽经竭力劝勉，杨绛还是恳辞邀请，不肯前来出席颁授典礼，当时不解，如今我终于明白，历经磨难、饱尝忧患之后，不求有名有声，只求有书有诗的钱、杨二老，再也不愿意浪费共处的时间，去跋涉奔波了。杨绛写了答谢词，要我替她在会上宣读。她的答词很短,但十分精彩,言语返璞归真,情感恳挚动人,最能表现出她那独特温润的风格,也最能体现出翻译的真谛和内涵。"翻译是没有止境的工作,译者尽管千改万改,总觉得没有到家。世界文学杰作尽管历代都有著名译本,至今还不断有人重新翻译,表示前人的译本还有遗憾。所以译者常叹'翻译吃力不讨好',确是深知甘苦之谈。达不出原作的好,译者本人也自恨不好。如果译者自以为好,得不到读者称好,费尽力气为自己叫好,还是吃力不讨好。"答词言简意赅,文如其人。的确,杨绛能用最平实浅显的文字,表达最深邃奥妙的涵义,恰似她常以最温柔敦厚的态度,坚持最刚正不阿的原则。

颁奖典礼完成之后,杨绛给我来了封信,信里说:"承费神为写赞词,不胜惭汗感激。顷得范君转来证书和你的来信、照片及剪报。照片上看到你这样漂亮的人物代我领奖,代我答谢,得意之至!专此向你道谢。"

杨绛待人宽厚,曾经欺凌他们一家的恶人,她都一一原谅,称之为"披着狼皮的羊";对于她的后辈小友,她则喜欢称为"漂亮人物"或"小姑娘",这是我每次登门拜访或电话问候她时,常听到的昵称。她的确是个内外兼美的典范,内心美，也欣赏美。我每次拜访，只见她寓所中尽管陈设简约，朴实无华，但总是鲜花不断，清芳四溢，与盈室书香交融相衬，哪怕是她九十大寿，因钱先生和爱女钱瑗弃世未久而心情落寞的当天，小楼上不见喜幛高挂，却有花卉悦目。

我曾经四访三里河，第一次去拜访就是杨绛九十大寿的日子。那天，她原是闭门谢客的，听到我来了北京，就答应让我登门造访。但是老人却在宽容中见执着，有所为有所不为。她知道我因为在北京"人生地不熟"，必须找个同伴前往，但我连说了几个名字，都遭否决，后来提到罗新璋，听到是这位社科院的老同事，翻译界出名有真才有实学的老好人，她才欣然首肯说："罗新璋？好啊！"这以后，我每次去北京必定探望杨先生，四次中倒是有三次都是罗新璋陪同的。

前后四次，相隔数年，杨先生给我的感觉却是越来越健康，越活越精神。2000年她九秩华诞（以阴历计算）的那天，杨老形容憔悴，情绪低落，频频说别人过生时儿孙满堂，自己却形单影只，怎么劝她，都拒绝跟我们外出庆祝，连去吃碗简单的寿面也不肯。当时我们还在心中替她暗暗着急，不知道此后杨老丧女孀居的日子该如何排遣。2003年金秋时节再访三里河时，杨先生已经精神抖擞、重拾欢颜了。那时，

· 2003年罗新璋与杨绛合影 （作者提供）

她的《我们仨》面世不久，风行一时；而出版社前一天才送来《钱锺书手稿集》的样书，这才是她几年来孜孜不倦、努力不懈的成果。她兴冲冲地拿样书给我们看，只见书页上挤满了密密麻麻的小字，都是当年钱锺书钩稽史料的斑斑心迹，细看之下，我发现这些批语和心得，竟然遍及中、英、法、德、意、西、拉丁等多种文字。这样如蛛网纠结、纵横交错的蝇头小字，若非杨绛在哀伤落寞的岁月中，收拾心情，悉力整理校阅，怎么可能有面世的一天？这使我忆起杨绛曾经说过，钱锺书先走一步，细心想来是件好事，因为她可以留在现场，打点清扫。别看杨绛外貌娇小柔弱，实则内心刚毅坚强，是个不折不扣的"女中豪杰"。早在杨绛当年生孩子进产院的那段时间，钱锺书一个人过日子，难免天天"干坏事"：第一天打翻墨水瓶，第二天搞砸了台灯，第三天弄坏了门轴，于是天天愁眉苦脸去向夫人诉说。扬眉女子听罢回答，"没关系，我会修"，让夫婿高高兴兴放心而去。就是这种"天塌下来让我顶"的精神，使当年的神仙眷侣虽历经浩劫，因彼此勉励，相濡以沫，而在极端简陋困顿的环境中渡过难关，并著述不断，创作不辍；也使晚年折翼，年届九十的杨老昂然坚挺下去，在夕阳余晖中，重新焕发出灿烂耀目的生命力！

谁会想到八十七岁时病歪歪，走路得扶着墙壁的杨绛，在钱锺书逝世后，竟然独自一人守护小楼十八载？三里河的寓所，曾经让坎坷一生的杨绛欣然说道，"好像长途跋涉之后，终于有了一个家"；也让她在晚年痛失亲人之后怅然慨叹："三里河的家，已经不复是家，只是我的客栈了。"杨绛就是在这个"客栈"中，发愤图强，八十九岁时翻译柏拉图的《斐多》；九十二岁时，发表《我们仨》及整理出版《钱锺书手稿集》，

作者与杨绛同看《钱锺书手稿集》（作者提供）

九十六岁时出版《走到人生边上——自问自答》,一百零三岁时,发表小说《洗澡之后》。

除了写作,杨绛还天天勤练书法,我每次登门拜访,总会看到她那书桌上宣纸四散,大楷、小楷布满纸上。有一回,罗新璋看到杨绛的墨宝随处乱放,就替我悄悄拿了一张,叫我藏好。谁知杨绛一回头,我就老老实实地招供,说时慢那时快,老人居然手脚伶俐地一把抢了回去,咭咭笑着说:"我的字老是练不好,等练好了再送你。"虽然那次抢不到她的墨宝,十分遗憾,却得到了最亲切的款待。她让我坐在身旁,跟我慢慢聊天,轻轻闲话家常。"你妈妈几岁了?"她问,"她是1911年出世的。""那不是跟我同年吗?几月生日?""阴历六月。""那不是同一个月吗?"结果一算,两人都属猪,同年同月生,杨绛只比我妈妈大一个星期。她们都生于那个国家多难、充满忧患的年代。妈妈不在了,眼前的老人却健朗如松柏常青,冥冥之中,让我觉得跟这位才学超卓的大家,除了景仰敬佩,又添了孺慕之情,她不再是高山仰止的偶像,而是常惦心中的长辈。

杨绛在《干校六记》中说,"经受折磨,就叫锻炼"。在我经历人生最痛时,总是想起她那睿智的话语,我心底明白,有她在前面领路,这条路尽管难走,也一定走得下去。不错,阅读可以忘忧,写作可以疗伤,杨绛多年来身体力行,给我们示范了最佳的榜样。

  如今一百零五岁的老人已飘然远去,但是灵魂不灭,精神长存,我深信,她仍会以毕生辉煌的大业,继续在前面为后学引领,照亮我们的迢迢人生路!

2016—6—2

5 "我才七十九!"

那一年,老是听见他说这句话:"我才七十九!"有时,带点抗辩、带点不服,就在别人说他已年届八旬、得享遐龄的当口;有时,带点辞让、带点腼腆,就在众人推崇备至、替他庆生的场合;但说来总带点稚气、带点童真,就仿佛是个青少年在向众人理直气壮地宣称:"我才十九岁!"

这就是白先勇,你无论如何都没法把他跟"老"扯上关系。看见精神抖擞、活力充沛的他,无论是台上台下,人前人后,什么"老人家、老前辈、老教授"这样的称呼,怎么说得出口?充其量只能叫他个"白老师",其实心里想着的是"白公子"——永远童颜不老、童心未泯的白先勇!

2016年,我应邀前去参加白先勇《细说红楼梦》新书发表会暨八十岁暖寿宴。两场盛会都安排在7月7日,一在下午,一在晚上。行前,白先勇兴冲冲地来电说,各地好友都会齐集台北,相聚一堂。早就知道他为这本《细说红楼梦》的出版,花了无数心血,在短短时间里,要赶出五十七万字的最后校阅(其间还要抽出时间来为拙著《树有千千花》撰写序言,实在铭感在心)。如今,新书终于如期出版了,不但如此,时报出版社还同时再版了早已在台湾绝版的经典"程乙本"《红楼梦》,要重新复刻,全新校印这部卷帙浩繁的名著,涉及庞大的经费和无比的魄力,若无背后推手白先勇几年来的不懈敦促、大力推动,又岂能成事!

我到台北那天是7月6号。报纸、电视都在预告超级台风即将来袭,全城风声鹤唳、人心惶惶。那第二天要在图书馆举办的白先勇新书发表会呢?当晚在台北世贸联谊社举行的八十寿宴呢?会如期举行吗?这时候不由得使人想起了粤语里"望天打卦"这句话。

7月7日那天台北竟然微风细雨,据报台风将在晚上吹袭,于是主办机构决定一切按原定计划展开。下午不到两点,图书馆中偌大的国际会议厅已经陆陆续续坐满了来宾和听众。两点半准时开始,这是一场"八十岁白先勇遇上三百岁曹雪芹"而心灵相融的盛会,也是一场文化旋风,论气势的浩荡,不输给即将来台的尼伯特!只是台风带来的是肆虐破

·2016 年,《白先勇细说红楼梦》新书发表会 （作者提供）

坏,而这场文化旋风吹起的却是天下第一书《红楼梦》荣光再现、魅力重展的勃勃生机和熠熠华彩!

主办机构负责人、赞助人,各位学者专家一一上台致辞,大家都情真意挚,为白先勇推广中华文化的努力和执着而动容。其中最叫人印象深刻的是画家奚淞的讲话。奚淞是白先勇超逾半个世纪的挚友,在读了白先勇的《细说红楼梦》后,却对这位老友有了崭新的认识。他说白先勇论《红楼》,就像后世专家把达·芬奇名画《最后的晚餐》慢慢拭拂干净,除垢去污,使其恢复原貌一般,尤三姐、琪官、晴雯等书中要角,随同个性鲜明的主角，都在小说家的仔细拭抹、悉心剖析下，一一展现出各自玲珑的本色；而白先勇最称道的环节，是宝玉最后出家的一幕——寒冬清晨，舟旁岸上，但见有一僧人，光头，赤足，白雪，红袍！此人向着贾政缓缓一拜，自此缘绝尘世，飘然而去！这一幕是多么令人震撼！坊间都说《红楼梦》后四十回是高鹗续作，不予重视，张爱玲对之尤为厌恶，而白先勇却独排众议，对程伟元和高鹗整理出来的一百二十回全本《红楼梦》推崇备至，认为是震古烁今的绝世杰构！白先勇此说，会不会遭受各家的围攻和抨击？作家对此坦然处之，因深信文学是心灵之学，就像当年撰写《孽子》一般，"我的心是个马蜂窝，所有人都可以进来！"白、奚二人是知交，白先勇曾在《走过光阴，归于平淡——奚淞的禅画》一文中说过："在熙熙攘攘的人生道上，能有好友互相扶持共度一段，也是幸福"；奚淞在结语中则谓，"以认识先勇为荣"。的确，认识白先勇，与有荣焉，这岂不是所有白氏友人共同的心声？

主角白先勇终于出场了。首先，他表示能够在台风前夕举办新书发表会，以文会友，看到各地好友云集，风雨故人来，内心无比感动、感激，认为是一种难得的缘分和福报。他曾经在美国加州大学圣塔芭芭拉分校东亚系授课二十九年，其间悉心教授经典名著《红楼梦》,退休之日以为自此飞鸟出笼,不执教鞭了,竟然把多年来认真备课的讲义丢弃殆尽。幸好2014年台湾大学邀请白先勇开设《红楼梦》通识课,一连三学期十八个月由才子讲解才子书,使得台湾的莘莘学子,能有机会重新认识这部旷世巨著的精彩面貌。当天发布的新书《白先勇细说红楼梦》,就是台大授课的导读,"不仅对《红楼梦》的欣赏与理解,指出一条康庄大道,更带给读者对传统、对文学、对文化、对人生的感悟与启发"。

由于白先勇当年授课时所采用以程乙本为主的1983桂冠版《红楼梦》早已绝版,作家乃积极募款,努力推动,终于促成了程乙本一百二十回足本的重新面世。发表会上嘉宾获赠的两套大书:《细说红楼梦》三册共一千零四十页;经典《程乙本》三册共两千零四十七页,两套书加起来足足有7.5千克重!

当晚的暖寿宴虽台风逼近,但是满堂宾客热情高涨,雅兴不减。风度翩翩的寿星公更是笑意盈盈,满怀欣喜。白先勇在典雅的中式礼服上挂了一块美玉,看来更具怡红公子的气韵和神采。坐在主家席上,趋势教育基金会执行长陈怡蓁和名书法家董阳孜中间的主人翁,开席不久,就在众友起哄

· 2016年白先勇八十寿宴 （作者提供）

下，与奚淞联袂高歌一曲，为大家助兴。早知道白先勇擅舞，不知道原来也能歌。当晚他唱了白光的《如果没有你》《魂萦旧梦》，还唱了台语歌《孤恋花》，一众好友也纷纷献唱贺寿，满堂宾客，气氛热烈，谁都不记得窗外的风风雨雨。坐在我身旁，从香港远道前来的实业家刘尚俭低声说："他原本就出自名门，是个贾宝玉、纳兰性德一般的人物！"

其实，他岂止是一位贵介公子，他更是个最具有悲悯心怀的认真作家。他最喜欢的头五部文学作品，依次为曹雪芹的《红楼梦》，陀斯妥耶夫斯基的《卡拉马佐夫兄弟》，普鲁斯特的《追忆似水年华》，托尔斯泰的《战争与和平》，以

·2016年白先勇生日照片 （许培鸿摄影）

及詹姆斯·乔伊斯的《都柏林人》。这些名著都是内容严肃、含蕴丰富的作品，触及人性的深处，生命的真谛。而白先勇自己的作品，虽然端秀精致，却也是如此沉重悲怆，令人读后心为之悸动！他矢志要借着写作，"把人类心灵中无言的痛楚转化为文字"，其作品的凝重深沉和性格的开朗乐观，是个强烈的对比，因而使白先勇其人其书形成了环顾文坛，独一无二的完美综合体！

第二天7月8日，台风登陆，台北市虽然没有首当其冲，但全市休学休班。只有一日之差，原定的两场盛会都可能碍于不测风云，消失于无形。白先勇常谦称，他推动的文化事业，全靠众人相助，天意垂成，也许是他的善心善行感天动地，故获得上苍的恩宠眷顾，连风也姗姗，雨也悄悄，使一切都顺利进行，圆满结束。

8日晚上，由董阳孜做东，白先勇邀约海外返台的友人共叙晚餐。当晚我们欢聚五月雪客家私房餐馆，席上言笑晏晏，宾主尽欢，历时三句多钟，直至店家打烊，方尽兴而归。巷子口临别依依，白先勇送我出来，在身旁轻轻说："影响我一生，最贴心的两本书《牡丹亭》和《红楼梦》，总算都为它们做了些事，了却这辈子的心愿了。"

这次台北之行，前后两天，在各种场合见证了白先勇这位文坛巨擘的赤子之心，悲悯之情，旷世之才，渊博之学！大家对他期许甚殷，有人请他领军制作昆剧《红楼梦》，有人央他挥笔撰写长短新小说，种种要求，不一而足。对了，他才七十九，呈现前面的是辉煌的文化大业，无尽的契机奇缘，正有待这位跨媒体、跨艺术的大才去开创、去发掘！

2016—7—28

6 姹紫嫣红遍地开

这一回,白老师可真乐透了!剧场里,坐在我身旁的他,整晚都兴高采烈,开心得合不拢嘴。

《游园》《惊梦》那两折,杜丽娘、柳梦梅上场,扮相俊俏,身段优美,他笑了;小春香娇俏活泼,他笑了;花神翩翩起舞,他笑了;《冥判》一折,判官喷火有模有样,小鬼翻跟斗干净利落,他也笑了!前后两个多钟头,这位推广昆曲的大旗手、青春版《牡丹亭》总制作人白先勇,一直乐融融、喜滋滋,深深沉醉于校园传承版的演出,正如他自己所说,"整个人都给学生的热情融化了!"

2018年4月10日晚,为庆祝北京大学一百二十周年校庆,校园传承版《牡丹亭》在北大百年讲堂隆重首演。早在2月白先勇来香港中文大学开讲《红楼梦》时,就已经邀约我届时前往北京参与其盛。青春版《牡丹亭》看过好几回,

· 2018年4月10日,校园传承版《牡丹亭》在北京大学演出
(许培鸿摄影)

上一次就是十一年前在国家大剧院观赏的。那么这一次又有什么特别吸引之处呢？

"这次的戏，是由全北京历经两次公开选拔，从十六所高校、一所中学，选出演员二十四人组织而成的，一共有四个杜丽娘，三个柳梦梅，两个小春香。"白老师说来眉飞色舞，"啊呀！最想不到的是乐队，本来以为要找苏州昆曲院的乐队来助阵，谁知道连这个也是由学生自己组成的呀！"原来当天北大校园传出的袅袅丝竹之声，竟然是十四位年轻演奏员日以继夜操持勤练的成果！

最不可思议的是，这十六所高校，除了北京大学、清华大学等大家熟悉的传统名校和中国戏曲学院、中央戏剧学院、中央音乐学院等与戏曲有关的学校之外，居然还包括了北京理工大学、中国政法大学和中国石油大学等表面上看来与艺术风马牛不相及的高校；而学生各自攻读的系别，更是多姿多彩，在演员表中，有哲学与宗教系本科生的杜丽娘，国际关系研究生的柳梦梅，计算机科学与技术系硕士研究生的大花神等，这一群志趣各异、专业不同的高校生，出于对我国优美传统文化的钦慕，百戏之祖昆曲的热爱，在课余之暇，自动自发地聚拢一起，为投入这项

·北大演出（许培鸿摄影）

由北京大学昆曲传承与研究中心2017—2018年推出的重点项目而全力以赴。

校园传承版的演出，由《游园》《惊梦》《言怀》《道觋》《离魂》《冥判》《忆女》《幽媾》《回生》共九折组成。这样浓缩一晚演出的精华版，几乎把《牡丹亭》一剧中所有的行当生、旦、净、末、丑都囊括了，加上琵琶、古筝、扬琴、二胡、箫锣铙钹等各种乐器齐全的乐队，很难想象是由一群来自各校的莘莘学子联袂组成的。自从2017年7月1日成立项目以来，这群并非昆曲专业的演员和演奏者，才经过八个月的集训排练,就有了如此超水平的专业演出,成绩之佳,实在是令人喜出望外,叹为观止!

在八个月刻苦的排练过程中,参与的学子除了平时上学之外,所有的课余时间都已奉献在昆曲演出的大业中。演员要学习唱功、表演、化妆三类;演奏员则专攻技巧与乐器配合。所有的课程都聘请昆曲院团专人指导。不但如此,全体学员除每周校内集训,还曾经三次前往苏州取经,根据角色分配,接受苏昆专业演员单对单个别指导。这种做法,不由得使人想起,十多年前白先勇最初策划青春版《牡丹亭》时,曾坚持要求剧中主要演员如俞玖林、沈丰英等人向师父汪世瑜、张继青行跪拜大礼,目的在使昆曲后学以庄敬虔诚之心,接受我国传统文化的洗礼,从而进入百戏之祖优美典雅的殿堂,正式成为百年戏宝的传人。如今,俞、沈二人已成大器,蜚声艺坛,正是栽培后起之秀的时候了。4月10日晚只见台上男女主角挥洒自如,配合得宜,《幽媾》一折的柳梦梅,扮相唱腔,举手投足,均惟妙惟肖,带有八九分师父的影子,身为师父的俞玖林,还有太师父汪世瑜,当晚都在台下观赏,想来必定跟总策划人白先勇一般深感欣慰吧!

当晚的演出,除了表演细腻、乐队出色之外,服装典雅精美，舞台光彩夺目，原来一切的布景、道具、服装都是向苏昆远道借来的，此外，舞台上董阳孜苍劲有力的"牡丹亭"三个大字，宛然在目，舞台下书法家还亲莅剧场观赏演出。记得董在观剧后兴致勃勃地说："本来不想来的，给白先勇硬拖来，谁知道演得这么精彩！"千里之行，始于足下，白老师十多年的无私付出，播种灌浇，终于开花结果，喜见成效了！

记得2007年的4月，也是桃红柳绿春浓时，我和白先勇应王蒙之邀，前往青岛海洋大学演讲。有一晚我们在下榻的旅舍聚晤，谈起了彼此为弘扬传统文化，推广华文教育的艰辛。那时候，白先勇推广昆曲的大业起步不久，而我正在为筹办新纪元"全球华文青年文学奖"而奔波，我们交换心得，竟然同有许多不为人知、举步维艰的经历。如今，十一年后，看到昆曲的发展，不但遍及神州，兼且扬名海外，2005年白先勇在北大推出青春版《牡丹亭》时，95%以上的年轻人不识昆曲，如今，昆曲课程成为北大、中大、台大最为热门的通识课程。尤有甚者，年轻的昆曲观众竟然蜕变为热情的昆曲演出者，这一种传统瑰宝，经过传播，变为传承；再由传承，广为传播，如此周而复始，循环相继，古老的昆曲艺

· 2018 年 12 月 2 日，校园传承版《牡丹亭》在香港中文大学演出（许培鸿摄影）

术，经由一代代年轻的生命来演绎，来发扬，必将焕然重生，青春永驻。

北京大学此次校园传承版《牡丹亭》的演出，不仅是一次成功的表演，更是一项标志性的文化事业，意义深远。试想一下，这次的昆曲演出者，都是二十来岁的年轻学子，2005 年白先勇在北大首推昆曲时，他们还都是七八岁的孩子，十三年后，居然在百年礼堂的舞台上，将昆曲中的"情"与"美"演绎得如此动人心弦！经此中国文化精粹的一脉相

·香港中文大学演出 （许培鸿摄影）

连，一线相牵，的确是昆曲传承计划成功实施的明证！从"看起来"到"演起来"，昆曲的传承，终于后继有人了！白老师内心的激动与宽慰，可想而知。难怪他精力充沛，始终不老，因为常年矢志弘扬中华文化，心中有一把不灭的青春之火，永远燃亮着绚烂的生命之花！

从北京回港后，白先勇托付我跟香港中文大学校长商谈，希望将校园传承版《牡丹亭》带来香港，并在中大演出。承蒙段崇智校长竭力支持，金融界翘楚李和声先生慷慨赞助，2018年12月2日，校园传承版《牡丹亭》在中大顺利公演，当天，全港昆曲迷闻风而至，盛况空前，林青霞当然也是热烈捧场的座上客，我们相依而坐，重温了十一年前在国家大剧院共赏佳戏的美好时光。

记得多年前，白先勇曾经为"全球华文青年文学奖"题字曰"有奇花异卉，开万紫千红"，这就是今时今日大师推广昆曲而终见佳绩的写照！

2018—4—13 初稿
2022—1—26 修订

谈心

林青霞与爱林泉

《谈心》连载后,有很多读者朋友撰写了精彩的读后感,青霞也一一回应,撰写了读后感的读后感,本书特选其中精彩片段附于文后,以飨读者。

·林青霞攝影

1. 臣臣：十八年的时间是姐姐的"励志三部曲"，而那个下午做的遥远的梦也已经实现了。

　　这次不仅看到了"三部曲"的故事，还有那么多姐姐的创作时光，跟金教授一起修改文章的日常，尤其是追求完美的姐姐把翻土犁田的痕迹消除了的时候，感觉金教授很惋惜啊，有种"孩子"成长过程想好好记录的样子！

林青霞回应：臣臣，真的，这些生活上不经意的事，过了也就过了，经金教授记录下来，丰富了我们的生活，虽然是写林青霞，实际上很有励志作用，真是功德不浅。

2. 江枫鱼眠：看完金教授《"三部曲"的故事》这篇文章，想起来姐姐在《偶像来了》说的一句话："演过这么多角色，发现最难演的是自己。"看到现在成功转型的林作家，觉得姐姐活成了自己想要的样子，演绎自己的传奇人生。

　　姐姐当初想也不敢想的美梦，是姐姐的坚持不懈与执着，才成就了如今的林作家，这些再也不是姐姐想也不敢想的梦了。

林青霞回应：江枫鱼眠，看样子你们都当姐转身成为作家了，但你姐只敢承认才转了四十五度身。

3. 阿七："迁想妙得"，迁想，应该就是迁动艺术想象；妙得，则是妙得对象精神。

　　姐姐和金教授以及那些文坛作家都是把学术和艺术融为一体的。作家写作，写出来的就是作品，而作品就是艺术。

　　文章中提到的饶老先生更是懂学术、爱艺术的，还记得饶老在为人修学中有自己的"三境界"：第一是"漫芳菲独赏，觅欢何极"；第二是"看夕阳西斜，林隙照人更绿"；"红蒮尚仔，有浩荡光风相候"为第三重境界。正因为这三境界，饶老高龄也还有积极向上的心态。我们也要学习这种心态，正所谓活到老，学到老。姐姐不管是在写作还是画画、唱京剧以及阅读上都是精益求精。

林青霞回应："迁动艺术想象，妙得对象精神"。阿七有独到的见解！看你的文，如果我不知道你是十五岁的高一生，还以为你是年过半百的饱学之士。了不起！你好好写文章，将来一定是大作家。

4. 夜来香：很多东西，只得意会，不可言传。看了《"迁想妙得"与饶公》这篇文章，"迁想妙得"这四个字，说的就是一种领悟，领悟是靠自己的智慧与认真去进行的，两者缺一不可。而智慧实际是一种变通、一种转换。青霞姐在写作中能懂得这四个字，说明是个会转弯而灵活的作者。我平时也很爱看书，也会写点东西。我也时常会去反复看自己的文字，总觉得平淡如水，有些时候把看过的书好的构思与精华代入到自己写的文字里会觉得自己脱离了一种新意，反而变得刻板与生硬……

希望新的一年，我的文字和性格都可以变得不再枯燥，不单单是白开水，为赋新词强说愁的无趣，而是一点点的进步，一下子太大的变化不可能，话不敢说太满，迁想妙得不敢当。只希望自己慢慢变得不再刻板无趣。

林青霞回应：夜来香，你是个"大人"，你太理性，要有赤子之心才好玩，我和张叔平就长不大，最怕大人，我们也能从各方面迁想妙得，你要放开自己，让思想奔放，多所领悟，不要操心自己写得不够好，你看这么多书，相信写作也不会差到哪去，你这篇文章我看了两次，至少你把自己分析得很清楚。我喜欢太宰治就是因为他善于自省，勇于自我批判。许多大作家给我的指导是，写自己喜欢的题材，写自己熟悉的题材，感情要真挚。你试试看会不会好点。

5. 诗尧：谢谢金教授的文章，原来写文章做事并不是寻章摘句，而是身体力行，笔触就像从自己读过的书籍里潺潺流动，不必太用力也会有神采、有神韵，可谓落笔生花。我在生活中也是一个腼腆的人。"放不开"这三个字如同唐僧对孙悟空实施的咒语一般，萦绕在我的脑海，性格敏感、羞怯也没有错，错在我的心容不下自己。向姐姐学习播撒快乐的种子，快乐树也从心底生了根、发了芽，有了万事开头难的第一步，下自成蹊指日可待。

我时常感叹姐姐的待人处事，思维局限时会联想姐姐是怎样从极致完美中获得救赎，又是如何由敏锐感受到放过自己，姐姐的一言一行也潜移默化地影响着我，也引领着、伴随着更多的人成长进步。

林青霞回应：诗尧，知道姐从影二十二年为什么没拿到很多演技奖吗？就是因为放不开。不过羞怯、矜持、敏感也是有它的魅力的。你姐放得开也是六十以后的事，你还年轻，有的是时间，从现在开始面对、接受、处理、放下。拿出专业的精神做你正在做的事，那是工作，尝试各方面做好它，不求完美，只求尽力，或许你慢慢会放得开，等有一天你真正放得开了，你的生命就充满了喜悦，同时也能带给他人快乐。

6. 小杰：姐姐曾经是一个明星，从什么都不懂、开始创作直到现在的有所成就都是因为她的毅力和热情。她热爱生活,用文字记录生活,她没有很多华丽的辞藻但是她有一颗朴实的心。在最后,希望我的姐姐以后写作不需要冥思苦想而是文思泉涌、妙笔生花。

林青霞回应:小杰,姐只有在回你们的讯息时才文思泉涌、妙笔生花的,自己写文章可真是要费大功夫和时间了。

7. 姑娘正十六:如果姐姐如愿考上台大,那会是另外一个故事了,可能我们不会在大银幕里认识您,而是更早地在文字中感受您的魅力。

2021 年,姐姐说:"当下就是永久。"这句话真是太妙了,慢慢发现,居然适用在每一件事情上。不念过去,不看将来,认真过好当下的每一天,认真做事,好好待人,未来自然会变得很美好。而回首看,曾经的每一天也都因为自己的认真而过得充实而美好,"当下就是永久",即是过去、现在和未来坚实的基础。

林青霞回应:十六,你能从"当下就是永久"得到启发,姐花多少时间都值得,你再把自己的领悟传给他人,让世界变得美好,多好。没念大学一直是姐的遗憾,后来想通了,不一定要上了大学才能求知识，生活中随时都可以学习进步。

8. 流言：也许是因为白先生本身就是一位伟大的小说家的缘故，今天阅读金教授的这篇《白公子与红楼梦》后，脑海里反反复复挥之不去的两个字，就是"故事"。

曹雪芹先生则无疑是响彻古今中外最会讲故事的人之一。如叶嘉莹教授所言：白先勇先生却与他成为隔世的知音。而奇书《红楼梦》之能，却得白先勇先生取而悦之，实为一大隔代的奇遇。得此《红楼梦》真谛的白先生在反复确认过后又认为，"还是林青霞的贾宝玉最接近《红楼梦》里的神瑛侍者怡红公子"。那这，又算不算是隔代的奇遇与当代的奇遇相加呢？

虽然姐姐最终没能出演还原白先生故事中的李彤、尹雪艳，但姐姐从白先生细说的《红楼梦》中汲取的灵感，却为读者们还原出了更多动人的人物形象。这也算是另一种合作的延续吧！

林青霞回应：流言，匆匆读完你这篇，非常喜欢，我要再读两遍，觉得可以学到东西。记得白老师的教导，"有人物、有故事就可以写小说了"。去了一趟伯明翰，在教堂的空地角落上，看了一眼布置成玛利亚生下耶稣的草棚仓，我突然有所悟，原来世界上万事万物都有故事，看你怎么说，看你信不信。流言，蒋勋有精彩的"细说红楼梦"，林怀民排演过《红楼梦》舞剧，白先勇在大学里讲了几十年《红楼梦》。不好意思，你姐实在忍不住想偷笑地告诉你，他们三位大师都说你姐演的贾宝玉最像书里的贾宝玉。

谈心

致谢

首先,《谈心》系列的出版,从构思、撰写、完稿,一路走来,若非好友林青霞日以继夜的鼎力支持,悉心相助,绝难成事,这本书,可说是我俩共同催生的作品。青霞不但在忙中赐序,还要督导"爱林泉"的影迷群撰写"读后感",再花时间一一响应,若要言谢,怎么说也说不完了。

本书承蒙白先勇教授赐予长序,感激不尽!白老师年初伤腰,这篇序言,是他忍着腰疼于无数夜晚伏案完成的。 再说,他至今撰稿仍然一个字一个字亲笔在纸上写出,那5208字的鸿文,情真意挚,字字都透显出对我与青霞的勖勉与关怀，这本小书，有了他惠赠序言，意义大不相同。

本书封面设计，承蒙艺术大师张叔平先生提供宝贵意见，SWKit 邓永杰先生摄影青霞照片，特此致以恳挚的谢意。

本书"终结篇"后，刊登了金耀基教授惠赐的赠言："当下就是永久；曾经就是拥有"。金公的墨宝，笔力清劲，峻拔不凡，所赠金句，更让二十二篇的《谈心》系列，增添了延绵不绝的意蕴。特此致以深切的谢意。

本书承蒙李景端先生推荐，得以跟北京人民文学出版社结缘，人文社信誉超卓，声名远播，能与之合作，诚为幸事，特此致谢。

"爱林泉"的朋友们，为了《谈心》一书，先后撰写了几百篇文情并茂的"读后感"，读之令人动容,在本书之后,特选其中精彩片段,以飨读者,并在此向年轻的撰稿群致以真诚的感谢。

本书撰写过程中,凡是遇到与电脑技术有关的问题时,总有年轻的友人拔刀相助,解决难题,例如廖建基、陈妙芳、汪卿孙等各位朋友,在此一并致谢。

金圣华

2022-3-29